北町の爺様 3

友情違えまじ

牧 秀彦

時代小説

二見時代小説文庫

北町の爺様3——友情違《たが》えまじ

目次

老いれど山猿《やまざる》

一

「町方《まちかた》の同心を斬れと申すのか？」

「貴方《あなた》様の腕前ならば容易《たやす》きことでございましょう」

非難の色を帯びた視線を、男は平然と受け止めた。

商家のあるじと思《おぼ》しき四十男だ。

未《いま》だ黒い髪をきっちりと結《ゆ》い、着物の生地《きじ》は真岡《もおか》の木綿《もめん》。絹物の着用を禁じられた町人の装いとしては上等なものである。

小体《こてい》な一室に西日が差している。

船宿の二階に設けられた座敷だ。

大小の運河が縦横《じゅうおう》に巡る華のお江戸では、船が移動の足として欠かせない。船賃が安くて速い猪牙《ちょき》はとりわけ重宝《ちょうほう》されており、富裕な商人でも乗り慣れた者は駕籠《かご》より好んで用いるため、船宿に出入りをしても不自然に思われない。船の発着を待つために設けられた二階座敷に行きずりの浪人と共に上がり込み、話し込んでいても怪しむ者はいなかった。

「ここは欲を出すべきところですよ、林田《はやしだ》さん」

口調こそ穏やかだが、男の顔は強面《こわもて》だった。

髪と同様に黒々とした眉は太い。

鼻は高く、穴が左右に広がっている。

大鼻の下は受け口で、逞《たくま》しい顎が前に迫《せ》り出していた。

頑丈そうな顎を蠢《うごめ》かせて、男は言った。

「相手は腕利きの廻方《まわりかた》ですので、お礼は五十両と弾みましょう。街道筋で喧嘩出入りをいくら助っ人なさったところで、これほど稼げる話はありますまい」

「何を申すか。不浄《ふじょう》役人と申せど、斬らば無事では済むまいぞ」

「なればこそ、事を終えていただいた後に江戸から落ち延びなさる路銀《ろぎん》も込みで差し上げるのですよ。心置きなく、お引き受けください」

「……」

畳みかける男の誘い文句に、林田と呼ばれた浪人は沈黙を以《もっ》て応じた。

還暦《かんれき》を過ぎて久しいと見受けられる老人だ。

月代《さかやき》を剃らずに黄ばんだ白髪を伸ばし、頰のこけた顔には無精髭《ぶしょうひげ》。

切れ長の目を下に向け、男の顔を見ようともせずにいる。

整った目鼻立ちだが、やつれた上に垢《あか》じみていては見る影もない。

傍らにざっと畳んで置かれていたのは、日に焼けて色が褪《さ》めた打裂羽織《ぶっさきばおり》。重陽《ちょうよう》の菊の節句を過ぎて衣替えが済んだというのに足袋《たび》も履かず、ひび割れた踵《かかと》を剝き出しにしている。

長旅の末に江戸へ流れ着いて間もない、食い詰め浪人そのものの風体《ふうてい》である。

着物と袴も古びているが、大小の二刀だけは手入れが行き届いていた。

帯前の脇差は鞘《さや》の塗りこそ剝げるに任せているが、柄《つか》までは傷んでいない。菱形《ひしがた》に巻かれた柄糸の間から見て取れる鮫《さめ》の皮も、黒ずんではいなかった。

日頃から、こまめに掃除をしているのだ。

食うや食わずの暮らしの中で、続けられることではあるまい。

揃えた膝の右脇に置かれた刀も同様で、光沢を帯びた柄の菱巻《ひしまき》は、左手の五指が接する部分だけが磨り減っていた。

柄に手を掛けた際に指の一本一本が来る位置を自然に定め、雑に握らぬ習慣が身に付いているのだ。

男が行きずりの林田に目を付けたのは、それが一番の理由であった。

刀は左の捌《さば》きが重要とされている。

柄を握る指先から肘、肩から腰、踵に至る左の半身《はんしん》を正しく運用すれば十全《じゅうぜん》に威力を引き出すことが可能となるからだ。

見た目だけをそれらしく装っても、行住坐臥《ぎょうじゅうざが》の動きを見れば察しがつく。

「…………」

林田は男の誘いに答えることなく、じっと黙り込んでいた。

目を閉じていても、隙は無い。

齢《よわい》を重ねると乱れがちな呼吸は一定に保たれており、口をみだりに開けずに吸った息を臍下丹田《せいかたんでん》に落とし込み、吐き出すことができている。

このように呼吸が練《ね》れていれば、体から余分な力が抜ける。

不意を衝《つ》こうとすれば機敏に応じ、攻め入る機を与えない。

不意討ちが通じ難いのは、言葉を用いても同じである。

人を欺《あざむ》き、騙《だま》しにかけることに慣れた男には、その手強《てごわ》さが分かっていた。

しかし、神ならぬ身には必ず隙がある。

それが生じた瞬間に、畳みかければ良いのだ――。

林田の目が、おもむろに開いた。

「……その同心の名は、何と申す」

「八森十蔵《やもりじゅうぞう》にございます」

「十蔵とな!?」

男が答えを返すなり、林田の顔が強張《こわば》った。

「おや、ご存じだったのですか」

とぼけた顔で男は告げる。

「……忘れ得ぬ名じゃ」

林田は声を低めてつぶやいた。

もとより二人のやり取りを盗み聞いている者は居《い》なかった。

林田が声を低めたのは、湧き上がる怒りに任せれば声を張り上げずにはいられぬが故に違いない。

男の読みは当たりだった。

「……その同心は、平賀源内《ひらがげんない》の弟子筋であろう」

「左様でございます」

「生まれ育った秩父《ちちぶ》から二十歳そこそこで江戸へ下り、源内に破門されるまで側近くに仕えおったはずぞ」

「仰《おお》せのとおりにございまする」

「婿に入りし八森の家は代々の北町奉行より直々《じきじき》に命《めい》を受け、探索役を務めておると仄聞《そくぶん》しておるが、相違ないか」

「左様なれば目障《めざわ》りなのですよ、林田さん」

「されば、十蔵めは未だ恥を知らずに役目に就いておるのか」

「その御役目を務まらぬようにしなければ、私の商いが滞《とどこお》るのでございます」

「よほど痛い腹を探られておるらしいな？」

「まことに難儀をしております。療治をお願いできませぬか」

「心得た。儂《わし》が楽にしてやろう」

林田は決意を込めて答えるや、男に向かって手を突き出す。

「金を寄越せ。五十両と申したことに二言《にごん》はないな」

「もちろんでございますとも」

男は袱紗包《ふくさづつ》みを取り出した。

切り餅二つに相当する金額にしては、厚みが足りない。

「五両ございます。手付けとしてお納めください」

「五両だと……」

「貴方様に限らず、人様にお渡しする前金は十分の一と決めております」

「死に金となっても、諦めがつく額ということか」

「左様な次第にならないように、しかとお願い致しますよ」

「任せておけ」

林田は五枚の小判を摑み取った。

すでに呼吸は安定し、体の捌きに力みはなかった。

「ただいま八森の動きを探らせております。仕掛けていただくのは調べが付いてからのことなれば、しばらくの間はごゆるりと過ごしてください。こちらの船宿のあるじとは懇意《こんい》にしておりますので、遠慮は無用でございますよ」

「かたじけない」

静かな口調で礼を告げ、林田は小判を袂《たもと》に落とし込んだ。

文化《ぶんか》八年（一八一一）の長月《ながつき》に入って間もない昼下がりのことだった。

二

紅葉が散ると共に、二十日余りが過ぎ去った。

この年の長月――九月の下旬は、洋暦では十一月の中旬にあたる。

華のお江戸では重陽の菊の節句に十三夜の月見、神田明神祭《かんだみょうじんまつり》に芝神明宮《しばしんめいぐう》のだらだら祭と続いた年中の行事が終わり、冷え込みが日増しに厳しくなってきた。

子どもの頃から大の寒がりである八森十蔵にとっては、辛い季節の到来だ。

「あー、生き返《けえ》った心持ちだぜ……」

皺の目立つ両手を火鉢にかざし、十蔵は心地よさげに微笑んだ。

小銀杏《こいちょう》に結った髪は白かった。

肩幅が広く、腕の太い、がっしりした体つき。

顔の造りも体つきと同様に厳《いか》めしいが、満面に浮かべた笑みは優しい。齢を重ねても少年のような無邪気さが未だ失せない、人懐っこい笑顔であった。

十蔵が暖《だん》を取っていたのは、北町奉行所の同心部屋だ。

火気厳禁の書庫で冷えきった体が暖まると、十蔵は煙管《キセル》を取り出した。

すでに日は沈み、同心部屋には行燈《あんどん》が灯《とも》されていた。

行燈の淡い光に煌《きら》めく銀煙管は、古びながらも手入れが行き届いている。

煙管入れと組紐で繋げた叺《かます》を開き、十蔵は刻み煙草をひと摘み。節くれ立った指の先で軽く丸めて煙管の火皿に詰め、炭火を拾って吸いつける。

「本日は大儀であったな、八森」

共に暖を取っていた和田壮平《わだそうへい》が、十蔵に告げてきた。

当年取って六十四の壮平は、十蔵より一つ下。細面《ほそおもて》で目鼻立ちの整った美男子ぶりは還暦を過ぎても健在だ。

「大儀なのはお互い様だろ、壮さん。お前さんは朝っぱらから書き物に、俺は調べ物にかかりっきりになっちまったからなぁ……寒いのは苦手だが、やっぱり俺ぁ外回りが性《しょう》に合ってるみてぇだぜ」

「何事も御役目だ。文句を言うてはなるまいぞ」

苦笑交じりにぼやいた十蔵を、壮平は穏やかな口調で窘《たしな》めた。

十蔵がくゆらせる紫煙《しえん》の向こうでは、鉄瓶が湯気を立てている。

壮平は鉄瓶を取り、二つ並べた碗に湯を注《そそ》ぐ。

あらかじめ茶葉を投じておいた急須に湯を移し、煎《せん》じる手付きは慣れたもの。

二つの碗に煎茶が注《つ》ぎ分けられた。

「煙草はそのぐらいにして喉を湿《しめ》せ」

「かっちけねぇ」

十蔵は笑顔で答えると、煙草盆の灰吹きに雁首《がんくび》を打ち付けた。

二人の装いは黄《き》八丈《はちじょう》に黒紋付。重陽の節句に衣替えをしてから履き始めた紺足袋の裏は白い。南北の町奉行所に勤務し、江戸市中で発生した事件の探索に専従する廻方の同心に特有の装束である。

町方同心は三十俵二人扶持の微禄《びろく》ながら、歴《れっき》とした徳川将軍家の御直参だ。にもかかわらず廻方が武士の常着《つねぎ》の袴を略し、着流しと羽織に大小の二刀を帯びただけの姿で将軍の御成先《おなりさき》に罷《まか》り出ても御構いなしとされたのは、事件の発生に際して機敏に行動するのを何より重んじたが故のこと。当代の将軍である家斉《いえなり》が去る二十七日に築地《つきじ》の先の浜御殿《はまごてん》を訪れ、廻方が総出で沿道の警戒に当たった際にも一人として咎められはしなかった。

十蔵が茶碗を手に取った。

武骨な手で包むようにしながら、飲み頃の煎茶を味わう。

「あー美味《うめ》え……やっぱり壮さんの茶は格別だなぁ」

「褒めてくれても何も出さぬぞ」

壮平は素っ気なく答えつつ、紙包みを開いた。

行燈の淡い光の下に現れたのは、小判の形をした二つの饅頭《まんじゅう》。小ぶりで上品な姿に加えて生地の白さが目を惹いた。

「おっ、塩瀬《しおせ》の薯蕷《じょうよ》饅頭かい」

「田山《たやま》からの差し入れだ。明石町《あかしちょう》まで出向いた帰りに買《こ》うたらしい」

「そうだったのかい。あいつも気が利くようになったなぁ」

「おぬしの教えの賜物ぞ、八森」

「いやいや、壮さんが一肌《ひとはだ》脱いだ甲斐があってのことさね」

「謙遜をするには及ぶまい。ともあれ馳走になると致そう」

「お前さんにゃ思い出深《ぶけ》え菓子《もん》なんだろ。お裾分けに与《あずか》ってもいいのかい？」

「若い頃と違《ちご》うて二つも喉を通らぬ故、相すまぬが手伝《てつど》うてくれ」

饅頭を勧める壮平の傍らには、空になった折詰が置かれていた。

居残りで書き物をすることになったため、奉行所に出入りの仕出し屋に届けさせた弁当だ。

十蔵も同じものを調べ物の合間に掻き込んで夕餉を済ませた後だったが、甘味には子どもの頃から目がない質《たち》である。

「それじゃあ遠慮なく頂戴するぜ」

煙管を置いた十蔵は、嬉々として饅頭に手を伸ばす。

黒紋付に刺繍された家紋は二匹のヤモリが向き合った、珍しい形をしている。

十蔵が食べ始めたのを見届けて、壮平は残る一つを口に運ぶ。

こちらの家紋は、丸に三つ引《びき》。

相模国《さがみのくに》の三浦郡《みうらごおり》を拠点とした坂東《ばんどう》武者の一族で、源平の争乱を経て生き残った子孫が徳川宗家《そうけ》に仕え、旗本や御家人となった和田氏の紋所《もんどころ》である。

共に黒紋付の裾は内《うち》に巻き、博多帯《はかたおび》を締めた腰の後ろに挟んでいる。大小の二刀の鞘が裾に絡んで邪魔になるのを防ぐ、巻き羽織と呼ばれる着こなしだ。

黄八丈の染めは壮平が黒、十蔵は茶色である。若い頃には文字どおり黄染めにしたのを着ていた二人も齢を重ね、渋いものを選ぶようになって久しい。

「やっぱり塩瀬は美味えなぁ。品《ひん》がいいのに、しっかり甘《あめ》えぜ」

十蔵は厳めしい顔を綻《ほころ》ばせ、薯蕷饅頭を嚙み締める。

小ぶりな饅頭を急いて平らげることをせず、薄い皮に包まれた餡《あん》を愛《いと》おしむように味わっていた。

舌鼓を打つのを前にして、壮平も微笑みを誘われる。

他の同心はすでに当直の者以外は帰宅し、残っているのは二人だけ。

壮平に薯蕷饅頭を差し入れた定廻の田山雷太《らいた》も、従妹《いとこ》の百香《ももか》が留守を預かる八丁堀《はっちょうぼり》の組屋敷に引き揚げた後だった。

三廻とも呼ばれる廻方は、定《じょう》廻と臨時《りんじ》廻、隠密《おんみつ》廻に分かれている。

十蔵と壮平が務める隠密廻は町奉行の直属で、定員は二名。

与力が居ない廻方の束ね役を兼ねており、三十代から四十代で定廻、五十代で臨時廻を経験した、熟練の者でなければ務まらない。

十蔵と壮平は八森家と和田家にそれぞれ婿に迎えられ、義理の父親となった両家の先代の隠密御用を手伝いながら定廻と臨時廻を勤め上げ、還暦を過ぎる今日まで年季を重ねてきた身であった。

「ところで壮さん、書き物は仕上がったのかい」

「大事《だいじ》ない。お奉行には朝一番でご報告申し上ぐると致そう」

「流石《さすが》だな。いつものこったが仕事が早《はえ》えや」

「おぬしが速《すみ》やかに調べを付けてくれたおかげぞ、八森」

「褒めてもらうにゃ及ばねぇ。孝行者の裏を取るのは、いつものこったが気分のいいことじゃねぇからな」

「左様に申すでない。こたびの如く親不孝者が申し立てた真っ赤な偽りを町名主が真《ま》に受け、推挙《すいきょ》して参ることもあるのだ」

「たしかに危ないとこだったな。あんな騙《かた》り野郎に褒美なんぞ与えちまったら、北《うち》のお奉行が大恥を掻かされてたぜ」

壮平の答えに、十蔵は納得した様子で頷いた。

隠密廻は事件の探索だけではなく、民政に関する調査にも携わる。

十蔵が調べを付け、壮平が報告書にまとめた素行調査も、その一つであった。

親孝行や奇特な善行に御公儀が褒美を与える際、対象とされた者の真の有様を事前に明らかにするのは、かつて十五の若さで将軍職に就いた家斉を補佐し、老中首座を務めた松平越中守定信《まつだいらえっちゅうのかみさだのぶ》の方針の名残《なごり》。

万事に堅い定信は成長した家斉に疎《うと》んじられて罷免《ひめん》され、在任中に育成した若手の老中も、今や松平伊豆守信明《いずのかみのぶあきら》しか残っていない。その信明が老中首座として実権を握っているため、往時の方針が何とか受け継がれたのだ。

「北のお奉行も最初はいい加減だったが、今は違うからなぁ。変われば変わるもんだって与力連中も驚いてるぜ」

「さもあろう。大きな声では申せぬが、私も左様に思うておる」

「へへっ、俺もだぜ」

十蔵と壮平は見つめ合って苦笑を交わす。

隠密廻を務める同心の素性《すじょう》は、公には明かされていなかった。

南北の町奉行所に勤める与力と同心の個人情報は、武家の芳名録である武鑑《ぶかん》とは別に毎年発行される町鑑《まちかがみ》に載っているが、隠密廻は対象外。

同じ廻方でも定廻と臨時廻の同心たちは全員が掲載されており、奢侈品《しゃしひん》などの取り締まりに手心を加えてほしい商人が進物《しんもつ》を贈る際の手引きとなっていたが、隠密廻に限っては住所はもとより姓名も伏せられた。

十蔵と壮平が定廻を務めていたのは、三十年近くも前の話だ。

臨時廻だったのも還暦前のことであり、ここ数年は世間に名前が出ていない。

かつて二人が見廻りの持ち場にしていた町の人々の記憶も薄れ、すでに隠居したと見なされていたが、実のところは未だ現役。

還暦を過ぎてなお、労するばかりで役得とは無縁の御役目を果たすために、日々の労を惜しまずにいる。

その働きぶりを知る者たちは敬意を込めて、十蔵と壮平のことを『北町の爺様』と呼んでいた。

三

江戸の町奉行所は、正式には御番所《ごばんしょ》と称される。

十蔵と壮平が勤める北町奉行所こと北の御番所が在る場所は、千代田の御城《ちよだのおしろ》の外堀に面した呉服橋《ごふくばし》の御門《ごもん》内。

南の御番所——南町奉行所が設けられた数寄屋橋《すきやばし》とは、鍛冶橋《かじばし》を挟んで目と鼻の先である。

かつて鍛冶橋の御門内には中町《なかまち》奉行所が設置され、三人の町奉行が江戸市中の司法と行政を担っていた。

中町奉行所は八代将軍の吉宗《よしむね》によって廃止され、今の町奉行は二人のみ。

公事《くじ》と呼ばれる民事の訴訟は一月《ひとつき》ごとに交代で受け持つ月番制だが、刑事の事件は南北の町奉行所が個々に咎人《とがにん》を召し捕って小伝馬町《こでんまちょう》の牢屋敷に送り込み、取り調べを経て裁きを下す。

役高《やくだか》三千石の町奉行は、旗本が望み得る中で一番の御役目だ。

格の高さでは大目付や留守居が上を行き、役得による儲けは異国から船で運ばれてきた舶載品《はくさいひん》を私的に売買するのを許された長崎奉行が群を抜いているものの、町奉行は将軍の城下町である大江戸八百八町《はっぴゃくやちょう》の治安を護るという、他の奉行職とは一線を画する御用を担っている。

名誉な御役目には違いないが、職掌《しょくしょう》の広さ故に御用繁多な町奉行には過労によって命を縮める者も多い。十蔵と壮平に直々に命を下す北町奉行も例に漏れず、去る卯月《うづき》の二十日に前任の者が急逝していた。

御役目に就いて十九年目だった小田切《おだぎり》土佐守《とさのかみ》直年《なおとし》の死に伴い、後任に選ばれたのは永田備後守《ながたびんごのかみ》正道《まさみち》。

直年が亡くなってから、わずか六日後に決まった人事だ。

北の名奉行と謳《うた》われた直年の行年は六十九。

南町奉行で在職十三年目の根岸肥前守《ねぎしひぜんのかみ》鎮衛《しずもり》が齢七十五にして矍鑠《かくしゃく》と任を全うしているだけに、早すぎる死が惜しまれた。

後を任された正道は当年六十。昨年の暮れに勘定奉行となったばかりでありながら間を置かず、町奉行に抜擢された身であった。

「こたび北のお奉行様におかれましては、まことに見事なお手柄をお立てになられたとの由。祝着至極《しゅうちゃくしごく》に存じ上げまする」

下座に膝を揃えた男は、恭《うやうや》しく頭を下げて言祝《ことほ》いだ。

黒々とした髷《まげ》を本多《ほんだ》に結っている。

同じ本多髷でも派手好みな御大身《ごたいしん》の旗本などとは違って、太く結い上げた髷の先を派手に散らした形にしていない。町人の分《ぶん》をわきまえた結い方だ。

にもかかわらず武家の礼装である肩衣《かたぎぬ》を着けて袴を穿き、脇差を帯びている。玄関番に預けた刀と同じ拵《こしらえ》の、値の張りそうな一振りだ。

「痛み入る……」

言葉少なに礼を述べる正道は、熨斗目《のしめ》の着流しに袖なし羽織を重ねた装い。千代田の御城中で着用していた麻裃《あさがみしも》は昼過ぎに下城して早々に手入れを済ませ、翌朝の登城に備えて衣桁《いこう》に掛けてある。

無言で男を見返す正道は、福々しく肥えた体つき。

贅肉《ぜいにく》は顔にも及び、顎が二重になっていた。

「大坂屋《おおさかや》、面《おもて》を上げよ」

正道の言葉を受け、頭を下げたままでいた男が上体を起こした。

恭しく振る舞いながらも、太い眉の下から見返す目は鋭い。

老いた浪人の林田に十蔵殺しを引き受けさせた、あの男だ。

男は平然と正道に強面を向けた。

「お奉行様、卒爾《そつじ》ながら申し上げまする」

「何としたのだ、大坂屋」

「店の暖簾《のれん》は義弟《おとうと》に譲って久しゅうございます故、その呼び方はご無礼ながらお止《や》めくだされ」

「左様であったな。許せ」

「滅相《めっそう》もございませぬ」

太い眉を上げて答える男の名前は茂十郎《もじゅうろう》。

九代目のあるじとして三年前まで取り仕切っていた大坂屋は、日本橋《にほんばし》の万町《よろずちょう》に店を構える定飛脚《じょうびきゃく》問屋だ。

江戸と諸国を繋ぐ街道を規定の日程で走り抜き、文書や小荷物を確実に届けることによって信用を得た定飛脚は民間の商取引に留まらず、幕府や諸藩からも重宝される稼業である。

代々のあるじが茂兵衛《もへえ》と称する大坂屋も今や十代目の老舗《しにせ》だが、先々代の頃には破産する寸前まで追い込まれていた。

その大坂屋に婿入りし、傾いた商いを建て直したのが茂十郎だ。

甲斐国《かいのくに》八代郡《やつしろごおり》の夏目原《なつめはら》村に農家の三男坊として生まれ、十八で江戸へ出た茂十郎は九年に亘って奉公した大坂屋で先代の茂兵衛に認められ、家付き娘の婿となったのは寛政《かんせい》十年（一七九八）。

　翌年に九代目として店の暖簾を継ぐや飛脚運賃の値上げを目指し、江戸市中の問屋の組合である十組問屋《とくみどいや》との交渉で要求を認めさせることに成功。婿入りから十年目の文化五年（一八〇八）には問屋間の紛争を調停した功績によって、十組問屋に肝煎《きもいり》として迎えられるに至った。

　名を茂十郎と改めたのは大坂屋のあるじの座を女房の弟に譲り、十組問屋の運営に専念し始めた後のことである。

「おぬしの評判はかねてより聞き及んでおるぞ。大坂屋の婿として面目《めんぼく》を施したのみならず、名だたる問屋のあるじたちを従えるとは、容易なことでは成し得まい」

「恐れ入りまする」

　茂十郎は顎を蠢かせて微笑んだ。

　自信満々な素振りは、裏付けがあってのものである。

問屋の仕切り役となっただけに留まらず、更なる出世を遂げたからだ。

茂十郎は改名の明くる年、文化六年（一八〇九）には新たな事業体として設立した三橋会所《さんきようかいしよ》の頭取に就任。快速の樽廻船《たるかいせん》に取って代わられた菱垣廻船《ひがきかいせん》を海上輸送に再び活用することを目指す一方、永代橋《えいたいばし》と新大橋《しんおおはし》、大川橋《おおかわばし》（吾妻橋《あづまばし》）の架け替えと修復を請け負うことにより御公儀の信用を得た結果、ついに名字帯刀《みようじたいとう》を許された。

一代限りながら武士と同様に表立って姓を冠し、大小の二刀を帯びることを公に認められたのである。

御公儀が見返りとして冥加金《みようがきん》を期してのことだ。

茂十郎の事業が当たれば、多額の利益が生じる。

その一部を御公儀へ上納させるのに、名字帯刀は物を言う。

これ見よがしな肩衣の着用も、与えられた特権の一つであった。

その上に、茂十郎は三人扶持の扱いまで受けていた。

扶持は家来を養う人件費で、一人扶持は一日につき五合の米を支給される。

茂十郎は三人扶持のため、日に一升五合を御公儀から与えられる。今や江戸でも指折りの分限者《ぶげんしや》となった身にとっては些細《ささい》な量だが、御公儀から扶持米を与えられること自体が誉《ほま》れであった。

四

船宿の二階座敷に、未だ明かりは灯されていなかった。

障子窓が閉じられた部屋の中、林田は無言で目を閉じていた。

この一室で起き臥しするようになって二十日余り。禄を失い、流浪の暮らしを余儀なくされた林田が久方ぶりに、心置きなく過ごした日々だった。

強《し》いて頼まれた人斬りを控えている以上、安穏《あんのん》としてばかりはいられない。

街道筋で喧嘩出入りの助っ人を引き受け、老いぼれ浪人と侮《あなど》って向かってくるのが常の博徒《ばくと》の群れを斬り尽くす前でさえ、気が咎めるのが常の林田である。

しかし、こたびの相手は積年の恨みを抱いて止まない十蔵だ。

気分が高揚する林田を、船宿の者たちは抜かりなく遇してくれた。

抱えの船頭衆は伝法《でんぽう》ながらも礼儀正しく、食事の世話を任された女中も余計な口をたたくことがない。

あるじは未だ顔を見せずにいるが、この船宿を営ませているのが茂十郎であることは林田も察しがついていた。

　そうでなければ、二階の座敷を遊ばせておくはずがあるまい。

　一藩士として禄を食《は》んでいた頃、江戸詰めになったことのある林田は船宿が人目を忍ぶ男女の逢瀬にも重宝されるのを知っている。

　誰が出入りをしても怪しまれぬのを幸いに素人女を抱えて春をひさがせ、町奉行所の手入れを喰らうこともあるという。

　そんな曖昧宿紛《あいまいやどまが》いの船宿であれば、林田も長居はしない。茂十郎が勧めるままに腰を落ち着けたのも余計な構い立てをされぬ心地よさがあってのことだった。

「旦那」

　暗がりの中、呼びかける声が聞こえてきた。

　目を開いた林田は、無言で視線を巡らせる。

　梯子《はしご》段を軋《きし》ませて、二階に昇ってくる者の気配がする。

「杉本《すぎもと》か？」

　林田が茂十郎と判じたのは、張りのある声で察してのこと。

　それにしては、潮《しお》の交じった臭いが強い。

　声の主は附木《つけぎ》を手にしていた。

　部屋の行燈に躙《にじ》り寄り、灯芯《とうしん》に火を移す。

淡い明かりが照らし出したのは、船頭の装いをした男の顔。

ひとたび目にすれば忘れない、独特の強面だ。

「おぬし、その形《なり》は何の冗談じゃ?」

林田が気色《けしき》ばんだのも無理はない。

「あっしは茂十郎じゃありやせんよ、旦那」

答える男の口調は船頭衆と同じく伝法なものであった。

「おぬし、何者だ」

「この船宿のあるじでさ」

林田の誰何《すいか》に応える声は、たしかに茂十郎と似ている。

しかし声が同じでも、話しぶりは別人だ。

「ご挨拶が遅れてすみやせん。あっしは茂十の双子の兄でございやす」

「双子だと」

「そうでなきゃ、ここまで瓜二《うりふた》つにゃなりやせんよ」

男は顔の造りのみならず、体つきも茂十郎そのものだった。

「お武家の旦那にゃ申し上げるまでもねぇことでござんしょうが、双子は家を傾ける
からって片方は生まれたとたんに間引かれるか、さもなきゃ捨てられちまうのが相場

でござんしてね、あっしは捨て子にされた口なんでさ」

問わず語りで素性を明かした男の声に、屈託《くったく》めいた響きはない。

続いて語る口調も、さばさばとしたものであった。

「その捨て子を拾ったのが、八森十蔵って男なんでさ」

「まことか」

「今年で四十のあっしが茂十と一緒に生まれた年でございやすから、十蔵はまだ二十と五……源内に愛想が尽きて、秩父の実家に帰る途中だったそうで」

「されば、十蔵はおぬしの養い親か」

「育ててくれたのは十蔵の弟夫婦でございやす。源内を放っておけねぇで、お江戸にすぐ帰っちまったんでねぇ」

「いずれにしても、恩人には相違あるまい」

つぶやく林田の声は硬かった。

男の告白が事実であれば、奇《く》しき因縁と言うより他にないだろう。

「おぬし、茂十郎が拙者に頼んだことを知らぬのか?」

「先刻承知でございやすよ」

林田の問いかけに、男はさらりと答えた。

「恩人を相手に没義道《もぎどう》な真似をするとお思いでござんしょうが、弟との血を分けた縁《えにし》を裏切るわけにゃ参りやせん。そもそも茂十とあっしは一緒に江戸に出てきた、一蓮《いちれん》托生《たくしょう》の間柄でございやすんでね」

「どういうことだ」

「旦那が気散《きさん》じと称して表に出なさるたびに、茂十の評判を訊き集めてなすったのは分かっておりやす。弟が大坂屋に奉公したての頃のことまでご存じだったら、二人で一人になって上手くやってたとお察しがつくんじゃありやせんかい」

男の指摘は正鵠《せいこく》を射たものだった。

茂十郎は大坂屋の婿に迎えられるまで、手代として大坂屋に奉公していた。

林田が訊き込んだ話によると読み書きが堪能《たんのう》なだけではなく、算盤《そろばん》を使わずに暗算で答えを出せるほど頭の回転が速かったらしい。

のみならず体力も抜きん出ており、厚遇《こうぐう》ぶりを妬《ねた》んだ飛脚が早駆けの勝負を挑んできたのを受けて、大差で引き離したという。天は二物《にぶつ》を与えずの譬《たと》えに違《たが》う有能ぶりも双子の兄が入れ替わってのことならば、合点《がてん》がいくというものだ。

「そういう次第で出世した弟にゃ敵も多うござんしてねぇ、不肖《ふしょう》の兄としては放っておけねぇんでございやすよ」

「命の恩人の十蔵を亡き者にされても、構わぬと申すのか」

「この手に掛けるとなれば二の足を踏むかもしれやせんが、旦那がおやりなさるのを止め立てする気はございやせん」

男が答える声に気負いはない。

のみならず、意外なことまで明かしてきた。

「十蔵が身軽なのを旦那はご存じですかい？」

「師弟揃うて拙者の国許まで参った折に、源内から山猿と呼ばれておったのは覚えておる。二つ名に違わぬ体《たい》の捌きには瞠目《どうもく》させられた」

「岩登りも大の得意でござんしたからねぇ。源内と喧嘩して秩父へ帰ってくるたびにちびのあっしを両神山《りようかみさん》まで連れてって、鍛えてくれたもんですよ……」

懐かしそうにつぶやきながらも、茂十郎と同じ目は冷たい光を帯びていた。

「十蔵の身の軽さはまだまだ失《う》せちゃおりやせん。旦那がお得意の抜き打ちで仕掛けなさるんなら、跳び上がるまでの間が狙い目でございやす」

「あの体の捌きがまことに健在ならば、左様に致すが道理だの」

林田は淡々と男に答えた。

「礼は言うておく。かたじけない」

「お役に立ちそうなら幸いでございやす。ところで旦那、ほんとに助っ人はいらねぇんですかい？」

男が蒸し返したのは、茂十郎から提案されるも固辞《こじ》した話である。

「杉本に申したとおり無用に願おう。足手まといになるだけぞ」

「頼もしいこってすね」

林田の狷介《けんかい》な物言いに鼻白むこともなく、男は微笑む。

顎を蠢かせる癖まで同じであった。

五

その頃、茂十郎は未だ北町奉行所の役宅で正道と向き合っていた。

茂十郎はもとより利に敏《さと》い。

何の目的もなく、わざわざ北町奉行を訪ねてくるはずがない。

来訪を受けた正道も、相手の目論見《もくろみ》は先刻承知であった。

「して、本日は何用じゃ」

「こちらをお納めいただきたく、罷り越した次第にございます」

おもむろに問いかけた正道に応じて、茂十郎は袱紗包みを取り出した。

厚みが無いのは林田に礼金を渡した時と同じだが、こたびの包みは広かった。

茂十郎が手ずから開いた包みから現れたのは、書き付けの束。

「これは？」

「手前が請け人の切手でございまする」

茂十郎は臆面もなく言上した。

ここで言う切手とは、無記名の有価証券を指す。

かの田沼主殿頭意次《たぬまとのものかみおきつぐ》が老中として天下の御政道を牽引《けんいん》し、権勢にあやかりたい有象《うぞう》無象《むぞう》が田沼家の屋敷に列をなした当時、料理茶屋『八百善《やおぜん》』の切手が進物として重宝された。その切手が一枚あれば豪勢な料理と酒を振る舞われ、帰りに折詰まで土産に持たせてくれる、至れり尽くせりの歓待を受けられたという。

正道もしばしば役得として受け取り、大いに美食を堪能して贅肉を貯えたものだが飽きが来た後は見向きもせず、家来に気前よく呉れてやるのが常だった。

しかし茂十郎が持参したのは、名店の商品券とは違う。

人目に触れさせるのが憚《はばか》られる、一種の符丁《ふちょう》であった。

「ご入用の折に大坂屋へお送りください。一通につき百両をお届け申し上げまする」

正道は無言で書き付けを手に取った。
三、三、四と数える手付きは慣れたものだ。
「〆《しめ》て十通で千両、か」

「勝手ながら一通ずつにてお願い致しまする」

「さもあろう。一度に千両も贈らば不審を抱かれるばかりだが、百両ならば妥当な額にして、おぬしも都合をつけやすいであろうからの」

「流石はお奉行様、お察しをいただきまして恐縮にございまする」

「褒めたところで大したものは出ぬぞ」

さらりと告げる正道は十八の年から出仕し始めた勘定方で昇進を重ねる一方、徳川御三卿《ごさんきょう》の清水《しみず》家に派遣され、用人を務めたこともある。

清水家の初代当主だった重好《しげよし》が病で没した後は正室として菩提《ぼだい》を弔《とむら》う貞章院《じょうしょういん》の用人となり、勘定奉行となる前は千代田の御城の西の丸で御広敷《おひろしき》用人として、家斉の世子《せいし》である家慶《いえよし》のために働いていた。

用人は算盤勘定に習熟していなければ務まり難いが、勘定方あがりの正道にとっては雑作《ぞうさ》もない。しかも勘定方では御公儀の普請に携わることが多かったため、利権を求めて売り込んでくる商人への対処は手慣れたものだ。

「ご心配には及びませぬ。お奉行様におかれましては、ほんの少々のお力添えを願うだけで十分にございますので」

「身共《みども》に何ができると思うておるのだ」

「南北のお奉行様は咎人どものお裁きのみならず、畏れ多くも上様より華のお江戸の仕置《しおき》を任されておられまする」

「左様だの」

仕置という言葉には二つの意味がある。

一つは罪を犯した咎人を御定法《ごじょうほう》に則《のっと》り、しかるべき刑に処すること。

いま一つは与えられた権限によって、政を行うこと。

茂十郎が言う仕置とは南北の町奉行が担う、江戸市中の行政だ。

その権限は市中の商業にも及んでいた。

南町奉行が監督するのは呉服と太物《ふともの》に薬種《やくしゅ》。

北町奉行は書物と酒、そして廻船問屋と材木問屋だ。

同じ町奉行でも格は南町が上だが、任された業種については割を食っていた。

御公儀は絹で織られた呉服を武士、木綿で織られた太物を町人が常着《つねぎ》とするように定めているが現実に高価な呉服を惜しみなく購えるのは裕福な町人で、貧乏な旗本や御家人は太物で仕立てた一着を新調するのもままならない。呉服を扱う商人にとっていずれが上客《じょうきゃく》なのかは火を見るよりも明らかだ。南町奉行所も建前《たてまえ》として取り締まりはするものの、町人が呉服を買うのを見逃さざるを得なかった。

薬種については高価な高麗人参《こうらいにんじん》などが抜け荷で市中に入り込み、不当に売買されるのを防ぐことが御役目だが、異人と日常的に接触し、品物を仕入れるのが容易い長崎と違って滅多に事件は起きず、奉行のお手柄に繋がる折も稀《まれ》であった。

その点、北町奉行が任された業種には旨味が多い。

書物の監督役として行う出版統制は御用繁多であり、寛政の幕政改革で奨励されるも売れ行きが振るわぬ江戸近郊の地酒の拡販に気を配るのは難儀なばかりだが、廻船と材木は儲けに事欠かぬ業種であり、その気になれば賄賂《わいろ》も取り放題だ。正道も北町奉行となった当初は大いに職権を濫用《らんよう》し、私腹を肥やすつもりだった。

「お奉行様……何となされたのでございまするか？」

茂十郎が心配そうに問うてくる声が聞こえた。

気づかずして苦笑を浮かべていたらしい。

「いや……我ながら、よう肥えたものだと思うてな」

「はぁ」

茂十郎が答えに窮した。

肥満が著しい相手を前にして、迂闊《うかつ》なことが言えぬのも無理はない。

まして相手は北町奉行。

手にした利権をより確かなものとしたい茂十郎にとって、是が非でも後ろ盾として取り込まねばならない相手だ。

しかし当の正道に、その気は皆無。

賄賂など、今や一文《もん》も欲してはいない。

茂十郎が関与している菱垣廻船の活用についても、御役目として成すべき責以上のことをする気はなかった。

この男が仕切る十組問屋と三橋会所は、いずれも御公儀の役に立つ。

市中の民と商いを活気づかせるのみならず、幕府に上納する冥加金を生み出す財源としても、さらに期待が高まることだろう。

公に手を貸す労は厭《いと》うまいが、後ろ盾になってほしいとは笑止《しょうし》千万《せんばん》。

茂十郎が持参の切手を用いようとは、もとより考えてもいなかった。

「お奉行様におかれましては、その昔は大層痩せておられたそうでございまするね」

沈黙に耐えかねたのか、茂十郎が控え目な口調で告げてきた。

「左様。評定所に詰めておった頃の話じゃ」

「血を吐かれるまでご精勤しておられたと仄聞しておりまする」

「若気《わかげ》の至りと申せど、かなりの無茶をしたものよ」

正道は懐かしそうに微笑んだ。

ご機嫌取りに茂十郎が弄《ろう》した言に乗ったわけではない。

折しも正道は、若かりし頃の初心に立ち返ったばかりだった。

きっかけは勘定方から評定所に派遣され、留役《とめやく》を務めていた当時に心ならずも取り逃がした仇敵《きゅうてき》と決着をつけたこと。

吐血《とけつ》するほど根《こん》を詰めた探索も功を奏さず、裁きを免れた自然《じねん》という破戒僧《はかいそう》を正道が手ずから召し捕るに至ったのは、多くの助けがあったが故だ。

南町奉行は未だ懲《こ》りない自然の悪行《あくぎょう》を持ち前の心眼によって看破《かんぱ》し、配下の十蔵と壮平は賊を一網打尽にするために、先陣を切ってくれた。

その甲斐あって正道に召し捕られた破戒僧は刑に処される恐怖に屈し、つい先頃に自ら命を絶った後。

若き日の正道を苦悩させた挙げ句の果て、正義感を燃やして御用一筋に努めるよりも役得で私腹を肥やすほうが気楽と思わせ、道を誤らせた悪党はもういない。

「その節ほどではないまでも、少し痩せねばなるまいよ」

「お奉行様……」

笑顔でつぶやく正道を前にして、茂十郎は二の句が継げない。

持参の切手は広げた袱紗に揃えて戻され、しらじらと淡い灯火に照らされるばかりであった。

六

「今宵はお邪魔を致しました。向後《こうご》も御用にお励みくださいませ」

程なく茂十郎は挨拶を述べ、正道の許を辞した。

ふらつく足を踏み締めながら廊下を渡り、玄関に向かう。

「た、たしかにお返し申しましたぞ」

中年の玄関番は緊張を隠せぬ面持ちで、茂十郎が預けた刀を差し出した。

町奉行所の玄関番は内《うち》与力と同様に、奉行となった旗本の家来が務める御役目だ。

将軍の直臣である旗本に仕える彼らは陪臣《ばいしん》、あるいは又者《またもの》と称される。旗本と同じ将軍家御直参の大名の家中《かちゅう》の士、すなわち藩士も武家の制度に照らせば一介《いっかい》の陪臣でしかなかった。

茂十郎の士分としての格は、そんな又者よりも更に低い。

名字帯刀は一代限りの特権にすぎず、人件費として三人扶持を与えられてはいても基本給にあたる禄は皆無だ。

にもかかわらず媚《こ》びを売られるのは、十組問屋の肝煎にして三橋会所の頭取であるが故のこと。

大坂屋の隠居という立場も、薄給の陪臣から見れば羨ましいのだろう。愚かしいと言うより他にない。

そんな本音をおくびにも出すことなく、茂十郎は刀を受け取る。

受け取った刀を左腰に差し、那智黒《なちぐろ》の敷石を踏んで、表門へと足を運ぶ。

「お気をつけてお帰りくださいやし」

門番が開けてくれた潜《くぐ》り戸から出ると、迎えの者が待っていた。

「どうした？ そんな浮かねぇ顔をして」

声をかけられたのは呉服橋の御門を潜り、夜の日本橋へ至った後。夜道を行き交う者が絶えた頃合いも見計らってのことだった。

「すまないね兄《あに》さん。せっかく迎えに来てもらったのに」

「その様子じゃ、北の奉行への売り込みは上手く行かなかったみてぇだな」

「そうなんだよ。思っていたよりも手強そうでね」

「仇敵を召し捕って、調子づいているのだろうさ」

委細を承知の様子でつぶやいたのは、林田を逗留させていた船宿のあるじ。

商家の奉公人らしく身なりを改めた上で、弟の茂十郎と瓜二つの顔は頰被りをして隠している。

「北の奉行が強気なのは、懐《ふところがたな》刀もあってのことだろうよ」

「……北町の爺様ども、だな」

「その勢いも今宵限りと願おうじゃねぇか」

「林田が首尾よくやってくれたら、片翼をもがれた鳥も同然になるだろうよ」

「そうなりゃ鷲《わし》でも満足に飛べやしないぜ。残った翼でどこまでやれるかね」

「八森の次は和田を片付けなきゃならないね」

「中野《なかの》の殿さんは、一体どうなさるおつもりなんだい？」

「まずは八森だ、としか言われちゃいないよ」

「お指図待ち、ってことかい」

「播磨守《はりまのかみ》様のご機嫌を損ねるわけにはいかないからね、先走って始末をつける真似は控えないと」

「そいつが賢明だな」

「ともあれ、私は播磨守様のお屋敷に行ってくる」

「供をしなくても大丈夫かい」

「運が尽きればそれまでだよ。その時は郷里《さと》の家を頼む」

「俺は生まれた時から縁を切られてるんだけどな」

「とにかく頼むよ。お江戸で恃《たの》みにできるのは兄さんしか居ないんだからね」

「仕方ねぇな。無事に帰ってくるんだぜ」

声を潜《ひそ》めて語り合いつつ、双子の兄弟は夜の暗がりの向こうに消えていく。

やり取りばかりか足の運びも、息が合ったものだった。

七

「大坂屋は帰ったみてぇだなぁ、壮さん」

「今の名乗りは杉本茂十郎ぞ」

「そんなこたぁ、どうでもいいやな」

北町奉行所の同心部屋では、十蔵と壮平が饅頭を食べ終えたところだった。

「狙いはお奉行を取り込むことに違いねぇぜ」

「さもあろう。菱垣廻船を使うた商いを拡げるための後ろ盾にするためにの」

「そうなりゃ賄賂の出番だが、玄関番の小峰《こみね》の話じゃ手ぶらだったそうだ」

「門番が申すには供は一人きりで、そちらも空手《からて》だったらしい」

「懐に入るぐれぇの額となりゃ、五十や百がいいとこだろうよ」

「お奉行をその気にさせるには少ないの」

「こいつぁ切手の類《たぐい》を用意したに違いねぇぜ」

「引き換えると請け合うた額は五百……あるいは千かの」

「どんだけ張り込んだとこで、今のお奉行が受け取るはずがあるめぇよ」

「まことだの」

十蔵の読みに同意を示すと、壮平は続けて問いかけた。

「時に八森、おぬしが訊き込んで参った話の裏は取れたのか？」

「もちろんさね。そうでなけりゃ寒い中を書庫に籠もった甲斐がねぇやな」

十蔵は待っていましたとばかりに答えた。

「茂十郎の裏稼ぎは昨日今日に始まったことじゃなさそうだぜ。三十年がとこ前から

「三十年前とな？　大坂屋に婿入りしたのは戊午《つちのえうま》ぞ」

「奉公したのは己酉《つちのととり》だよ。元号が寛政になった年だな」

「されば茂十郎は大坂屋に奉公して早々から悪銭を得る手口を指南し、稼ぎの上前を撥ねることを常としておったと申すのか」

「初めは細《こま》けぇことから始めたんだよ。払いが大きい客の勘定を上乗せして差額を懐に入れちまったり、上手いこと釣銭をごまかすやり方を大坂屋に出入りの小商人どもに教えて、分け前に与っていたのさね。もちろん他の店を食い物にさせて、手前の店にゃ仕掛けねぇように目を光らせていたそうだ」

「己酉の年と申さば、茂十郎は十八だな」

「江戸に出てきたばかりの若造が考えつく悪さなんざ、そのぐれぇが関《せき》の山さね」

「したが、左様な些事《さじ》など調べ書きには記されておるまい」

「公事の訴えの控えが残っていたんだよ」

「まことか」

「調子に乗ってやりすぎた小間物屋が出入り先の店から訴人《そにん》されていたのさね。俺が締め上げて話を訊き出したのは、その野郎だよ」

「その折の調べでは、茂十郎の名前は出なんだのか？」

「御白洲《おしらす》に引っ張り出されるところまで行ってりゃ、野郎に乗せられた小間物屋も白状せざるを得なかったんだろうがな……吟味方《ぎんみかた》の与力が取るに足らねぇことだって決めつけて、碌《ろく》に調べもせずに内済《ないさい》にさせちまってたんだよ」

「それでは我らの耳に入らぬはずだ……」

「八森《うち》の義父《おやじ》はもちろん、和田のおやっさんもご存じなかったこったろうよ。まだ見習いだった俺たちが知らずにいたのも無理はあるめぇ」

「うむ……」

「控えまで捨てられちまってたら茂十郎の裏稼ぎがいつから始まったことなのか、裏は取れずじまいだったろうぜ」

「お手柄ぞ八森。寒さに耐えて書庫に籠もった甲斐があったというものだな」

「褒めてもらうにゃ及ばねぇよ。例繰方《れいくりかた》の盆暗《ぼんくら》どもに任せといたんじゃ、待たされるばっかりで埒《らち》が明かねぇから手前で動いただけのこった」

「左様に申すでない。また嫌な顔をされるぞ」

「そんなこたぁ、どうでもいいやな」

十蔵は気負うことなく微笑んだ。

茂十郎は表向きの経歴を見た限りでは、立志伝《りっしでん》中《ちゅう》の人物と呼ぶべき人物だ。しかし、あの男は裏の顔を持っている。

人を騙して不当に金銭を得る手段を指南し、見返りを得てきたのだ。

騙りはもとより許し難い犯罪だ。

この老い先短い、あるいは長いやもしれぬ一命を懸けて召し捕り、しかるべき裁きを受けさせてやらねば気が済まない――。

「ご馳走さん」

十蔵は碗に残った茶を乾した。

壮平はお代わりを勧めることなく、十蔵の碗を片付ける。

寒がりの相方が小便の素になると言って水分を必要以上に摂りたがらぬのは、三十年来の付き合いで承知の上だ。

「今宵も夜寒《よさむ》が厳しそうだな」

「難儀なこったが、辛抱するしかあるめぇよ」

十蔵は苦笑交じりに答えると、煙草盆に置いたままにしていた煙管を仕舞う。煙管入れに収める前には紙縒《こよ》りで羅宇《らう》を掃除し、火皿に残った煙草の燃えかすを取り除くのも忘れない。

「壮さんは芝口《しばぐち》まで出張《でば》るんだろ？」

「左様。おぬしは今宵も日本橋か」

「大坂屋を探るついでに馬喰町《ばくろちょう》の二丁目も廻ってくるよ」

「附木店《だな》か」

「風烈廻《ふうれつまわり》が御役目熱心なのは分かっちゃいるが、あんなとこで火の手が上がったら目も当てられねぇだろ」

「大儀なれど、しかと頼むぞ」

「合点《がってん》だ」

二人は同時に腰を上げ、それぞれの席に戻っていく。

上席《じょうせき》に二つ並んだ文机《ふづくえ》の下には、風呂敷包み。

朝に出仕する際、組屋敷から持参したものだ。

「ぶるるっ、ほんとに冷えてきやがったな……」

十蔵は黒紋付の紐を解き、足元に脱ぎ捨てた。

横着をしながらも、懐に忍ばせた十手《じって》は粗略に扱わない。帯前に差していた脇差を外したのに続いて、そっと文机に横たえる。

壮平は黒紋付に黄八丈と、脱いだ順に折り目正しく畳んでいく。脇差と十手を置くのに際し、文机の前に膝を揃えるのも忘れなかった。

「南の番外連中、まだ旅先から戻っちゃいねぇらしいぜ」

風呂敷包みを解きながら、ふと十蔵がつぶやいた。

「一体どこまで行ったんだか……壮さんにも見当は付かねぇのかい」

「十中八九、九州の北の外海《そとうみ》であろうよ」

「どうして分かるんだい」

「倭人伝《わじんでん》について詳しゅう知りたいと、平田《ひらた》に訊かれたのでな」

「そいつぁ初耳だぜ。いつのこったい？」

「南のお奉行をお助けした翌々日に、組屋敷へ訪ね参った」

「まだ月が明ける前だな」

「後学《こうがく》のためと称しておったが、旅立つ前の下調べだったのだろう」

「違《ちげ》えねぇ。沢井《さわい》と比べりゃ賢そうだが、飯の種にならねぇ学問なんぞに興味はあるめぇよ」

「平田は曲亭馬琴《きょくていばきん》の許にも足を運び、神隠しにまつわる話を所望《しょもう》したそうだ。お奉行の彫物が絡んでのことに相違あるまいぞ」

十蔵と壮平が話しているのは去る葉月《はづき》二十六日に発せられた町触《まちぶれ》が仇《あだ》となり、南町奉行の根岸肥前守鎮衛を見舞った事態。

当年七十五の鎮衛は、全ての旗本が望んで止まない町奉行の御役目に就いて今年で十三年。数々の名裁きで評判を取り、市中の民から寄せられる信頼も篤かった。

南の名奉行が人知れず、彫物を背負っていたと発覚すれば大問題。

十蔵と壮平も助太刀し、この秘密を暴こうとした敵を一度は退《しりぞ》けたが、いつまでも隠し通したままではいられまい。

鎮衛が密かに背負う彫物は、こたびの町触で取り締まりの対象とされた彫師たちが得意としている絵柄とは全くの別物だ。

かの『魏志《ぎし》倭人伝』に記された時代を彷彿《ほうふつ》させる謎めいた文様《もんよう》は、若い頃の鎮衛が生来の異能の力を持て余し、江戸を離れた末に漂着した、玄界灘《げんかいなだ》の離れ島で彫られたものだという。

それが何故《なにゆえ》の措置だったのか、鎮衛自身の当時の記憶も定かではないらしい。

この文様の謎を突き止めるべく旅に出た南町奉行所の番外同心——若様と呼ばれる青年と沢井俊平《しゅんぺい》、平田健作《けんさく》は未だ江戸に戻っていない。

「南のお奉行のこたぁ若様たちに任せておけば大事はあるめぇ。俺たちゃ余計な気を回さずに、手前《てめえ》の御役目に励むとしようぜ」

「左様だな」

頷き合う二人は着物を脱ぎ終え、半襦袢《はんじゅばん》と下帯《したおび》だけの姿となっていた。

がっちりした体つきの十蔵と違って壮平は細身だが、ふくらはぎが子持ちしゃもの腹の如く張っているのは変わらない。歩き回るのを苦にすることなく、御用一筋に努めてきた証しであった。

壮平も板敷きに膝を突き、風呂敷の包みを解いた。

半襦袢の短い裾から覗いた右の腿《もも》に、古い傷跡が見て取れる。

刃を受けた傷ではない。

銃で狙い撃たれ、鉛玉が抜けた跡だ。

その傷跡に十蔵は視線を向けることなく、速やかに着替えを済ませた。

「男っぷりが上がったな、壮さん」

明るく告げる十蔵は、木綿の着物に袖なしの半纏《はんてん》を重ねた姿。洗い晒《ざら》した古着の裾《すそ》をはしょり、継ぎはぎだらけの股引《ももひき》を剥き出しにしている。

「おぬしも捨てたものではないぞ」

壮平が袖を通したのは黒羽二重《くろはぶたえ》。細かく織られた生地に光沢のある、同じ絹物でも黄八丈より上等な一着だ。

隠密廻には、姿形を変える心得が必須であった。

決まった持ち場を巡回する定廻と補佐役の臨時廻は、一目で廻方と分かる身なりで市中を歩くことが悪事を働く輩《やから》を牽制《けんせい》し、犯罪を抑止することに繫がるが、隠密廻は人目を忍ぶ探索が専門。装いばかりではなく立ち居振る舞いまで巧みに変えて別人になりすます、七方出《しちほうで》と呼ばれる技法が求められた。

御公儀の役人には御目付をはじめとして市中の探索に従事する者も多いが、その全員が変装に秀でていたわけではなかった。武家育ちの習慣が抜けきらず、丸腰の町人を装いながら刀を帯びた時と同様に腰を沈めて歩いたり、堅苦しい物言いをして素性を見破られ、市中の民の失笑を買うことが多かった。

そのような失態を定廻と臨時廻の同心が演じることはない。市中の民と日々接する御役目柄、身なりに加えて口調も日頃から砕けたものにしているので町人を装っても不自然ではなく、本来の武士として折り目正しく振る舞うこともできるからだ。

隠密廻の十蔵と壮平は、さらに年季が入っていた。

廻方の同心ならではの黒紋付と黄八丈、裏白の紺足袋を身に着けるのは出仕と退出の時ぐらいのもので、一日の大半を別人になりすまして過ごす。今日は二人揃って朝から奉行所の中で執務していたため、珍しく常の装いをしていただけなのだ。

着替えを終えた十蔵と壮平は、白髪頭に櫛《くし》を通す。

黄八丈と共に廻方の特徴とされる小銀杏髷は変装に適している。武家の髪型として一般的な本多髷より額が広く、束ねた髷が短いため町人を装いやすく、武士として振る舞っても不自然には思われないが、それも念入りに仕上げてこそである。

十蔵はわざと髷を崩し気味にし、壮平はきっちり櫛目を入れる。

その上で十蔵は六尺手ぬぐいの頰被り。

壮平は漆塗《うるしぬ》りの笠を、刀と共に携える。

「それじゃ出張るとしようかい」

「うむ」

二人の隠密廻は頷き合い、同心部屋を後にした。

八

呉服橋の御門内に設けられた北町奉行所は日本橋の最寄りである。

五街道《ごかいどう》の起点にして華のお江戸の中心をなす一帯にも夜の帳《とばり》がすでに下り、日本橋の北詰の先に繋がる大路《おおじ》も静まり返っていた。

神田の今川橋《いまがわばし》から続く七町《ちょう》（七六三メートル）の大路は日本橋通りという。日本橋の南詰へ抜け、千代田の御城まで至る通りの左右に以前は八十八軒もの商家が軒《のき》を連ね、将軍家の御膝元の名に恥じぬ活況を呈したものだが、今は二十軒余りしか残っていない。かの『熈代照覧《きだいしょうらん》』に日本橋通りの全景が描かれた次の年——文化三年（一八〇六）の弥生《やよい》四日、芝の牛町《うしまち》を火元とする大火により焼失した商家の大半が未だ再建されずにいるからだ。

焼け跡からは瓦礫《がれき》こそ撤去されたものの新たな店が建つこともなく、更地《さらち》となって久しい。

その更地を寒風が吹き抜ける中、夜鷹蕎麦《よたかそば》売りに扮した十蔵が進みゆく。

担《かつ》いでいる屋台は、昔馴染みから借り受けたものだ。

当時の屋台は荷車を用いず、肩に担いで移動する造りである。振り分け式の荷台に重ねた丼と箸、湯切りの籠などが要領よく収められており、あらかじめ茹でておいた蕎麦を温め、出汁《だし》をかけて客に供する。往来で火を焚くことは御法度《ごはっと》のため熱源には炭火しか使用できないが、寒空の下では何よりのご馳走だった。

本職の教えを受けた十蔵は、身なりだけではなく立ち居振る舞いも夜鷹蕎麦売りの親父そのもの。屋台を担いだ足をよろめかせることもなく夜の町を流して歩き、客の求めに応じながら探索を続けていた。

茂十郎の一件も気になるが、そのことばかりにこだわってはいられない。

日本橋通りから馬喰町は目の前だ。

神田川を間近に臨む馬喰町の二丁目には、附木を作る職人の住まいが多かった。

行燈や竈に火を移すのに用いる附木は、薄く削った木の端に硫黄《いおう》が塗られている。

その工房が軒を連ねる一帯に火の手が及べば被害は甚大《じんだい》。神田川に架かる浅草橋《あさくさばし》の御門の先まで類焼しかねない。

十蔵も日頃から用心し、馬喰町の一帯を持ち場とする定廻の同心を通じて自身番に注意を呼びかける一方、火事への警戒が御役目の風烈廻にも見廻りの手を抜かぬように喚起《かんき》していた。

その上で自ら足を運ぶ労を厭うことなく、今宵も見廻りに及んでいたのだった。


「待て、蕎麦屋」

見廻りを終えた十蔵を呼び止める声がした。

「聞こえねえのか、老いぼれっ」

とぼけて歩き去ろうとした十蔵の背を目がけ、浴びせる声は傲慢そのもの。

十蔵は足を止めて向き直った。

「お武家様、相すみやせん。ちょうど品切れになったところでございやすんで……」

答える十蔵の声は好々爺《こうこうや》めいていながらも、あくまで冷静。

熱い蕎麦にありつけず落胆したかと思いきや、傲慢な声の響きは変わらなかった。

「構わん。もとより腹さ空《す》いてはいねぇ」

「左様でございやしたかい。それじゃ、ご免なさいやし」

「待てぃ」

踵を返しかけた十蔵に、再び傲慢な声が飛ぶ。

「所望するのは蕎麦に非《あら》ず。うぬが素《そ》っ首《くび》じゃ」

剣呑な物言いに動じることなく、十蔵は頰被りの下から相手を見返した。

みすぼらしい身なりをした、白髪頭の浪人だ。

十蔵を老いぼれ呼ばわりしているが、年はほとんど変わるまい。

「そこに直れ、下郎《げろう》」

「そんな、ご無体を仰せにならねぇでくだせぇやし」

「惜しいのならば金さ出せ。百両で勘弁してやろう」

「重ね重ねご無体な……」

「何を申すか。その気になれば、容易く都合さ付くはずじゃ」

「あっしはその日暮らしの年寄りですぜ。ご無礼でございやすが、どうかしていなさるんじゃありやせんかい」

「とぼけるのもいい加減にせい。うぬが素性はもとより承知じゃ、八森十蔵っ！」

十蔵の表情が険しくなった。

正体を暴かれては、別人を装い続ける意味はない。

「平賀源内さ門下のくせに町方役人さ婿入りしおって、その年まで生き永らえるとは恥さ知らんのにも程があろうぞ！」

「てめぇ、何者だ」

勢いづく浪人に、十蔵は持ち前の伝法な口調で問う。

「うぬが師匠さ所縁《ゆかり》の大名が家中であったと申さば、察しも付こうぞ」

「大名《でえみよう》だと……」

十蔵は絶句した。

平賀源内の本名は国倫《くにとも》という。

天与の才で立身し、奇才《きさい》として天下に名を馳せた男であった。

平賀家は讃岐高松《さぬきたかまつ》十二万石を領する松平家の足軽で、源内は三男坊。

早世した兄に代わって家督を継ぎはしたものの、家中においては取るに足らぬ軽輩でしかなかった。

その源内を見込んだのが若き藩主の松平讃岐守頼恭《さぬきのかみよりたか》で、長崎留学を許すなど手厚く遇された。

しかし、源内は野心の大きな男であった。

致仕《ちし》を願い出て高松藩を離れ、江戸に下るや学者の域に留まらぬ才人として人気を博する一方、時の老中の田沼主殿頭意次に認められ、鉱山開発を中心とする殖産興《しょくさんこう》業《ぎょう》の政策に関与した。

その過程で源内と出会い、弟子入りしたのが十蔵だ。

当時のことを知る十蔵には、相手の素性に心当たりがあった。

「秋田《あきた》の佐竹《さたけ》様、かい？」

「左様。拙者が先頃まで禄さ食んだ御家ぞ」

浪人は薄く笑って首肯《しゅこう》する。道理で言葉に訛《なま》りがあるはずだ。

「されば、いまひとつ明かしてやっか」

驚きを隠せぬ十蔵に、浪人は得意げに言い放つ。

お国言葉を隠さずにいるのは、十蔵を斬る自信があってのことに相違ない。

それほどまでに深い恨みを抱く理由を、この浪人は有しているのだ。

「拙者の顔を見忘れたか、うぬっ」

「何だと」

「しかと見よ。小田野《おだの》が在りし日の朋輩《ほうばい》じゃ」

「お前さんだったのかい……」

改めて目を凝らした十蔵は、驚きながらも得心していた。

小田野直武《なおたけ》は晩年の源内の推挙により、かの『解体新書《かいたいしんしょ》』の挿絵を手がけたことで歴史に名を遺した秋田藩士である。

時の秋田藩主の佐竹右京大夫義敦《うきょうだゆうよしあつ》は曙山《しょざん》の雅号《がごう》を持ち、自らも絵筆を執る身として直武に目を掛ける一方、国許の銅山開発に招聘《しょうへい》した源内に更なる滞在を所望し、西洋画の技法を学んだことで知られている。

大名の一家臣だった直武が『解体新書』の事業に参加できたのは、義敦の計らいで江戸詰めを認められたが故だったのだ。

安永《あんえい》三年（一七七四）の刊行当時、直武は二十五。

国許に呼び戻されて自害に及んだのは六年後、三十一の年のことである。

その直武の同輩ならば、六十を過ぎているのも道理だろう。

「江戸さ下ったのは久方ぶりじゃが、昔日《せきじつ》に増して品下《しなくだ》ったの」

老いた浪人――林田は不快そうにつぶやいた。

「何をほざいてやがる。お江戸は上様の御膝元だぜ」

「拙者の上様は佐竹の殿だ。藩政改革のしわ寄せで、図らずも先祖代々のご縁ば切られてしもうたがの」

「それで食い詰めちまったんで、強請《ゆす》りたかりに成り下がったわけかい」

「ほざくでねえぞ、下郎。拙者は義に拠って亡き朋輩さ成り代わり、遺恨を晴らしに参っただけじゃ」

「どうあっても俺を殺《や》ろうってのかい」

「左様。うぬを斬ったその足で、杉田玄白《すぎたげんぱく》の一命も頂戴する所存じゃ」

「杉田先生だと」

十蔵の声が怒気を帯びた。

杉田玄白は小浜藩《おばまはん》主の酒井《さかい》家に仕えた名医にして、日《ひ》の本《もと》の蘭学の泰斗《たいと》。

源内の死を惜しみ、悲しみ、心から哀悼《あいとう》の意を表した人物だ。

折しも玄白は『解体新書』の翻訳に関わった昔日の回顧録を構想している。いずれ筆を起こす文中では、源内のことも取り上げるつもりでいるらしい。

源内を未だ好意的に見てくれている玄白は、十蔵が護らなければならない存在だ。

恩師の名を後世まで伝えてくれるとあれば、尚のことである。

林田が機敏に体を捌いた。

十蔵を罵倒しながらも抜かりなく、鯉口《こいぐち》を切っていたらしい。

抜き打ちの一刀を、十蔵は後ろに跳び退《しさ》って避ける。

驚くほどに、身が軽い。

「拙者さ抜き打ちをかわすとは、相も変わらぬ山猿ぶりじゃの」

「へっ、恐れ入ったかい」

「したが、年には勝てんじゃろ」

間合いを取った十蔵に、林田は負けじと告げてきた。

いつの間にか刀は鞘に戻され、再び抜き打つことが可能な状態となっていた。

抜刀のみならず、納刀も速い。

林田が若い頃から佐竹の家中で指折りの抜刀術の名手と言われていたことを、十蔵は思い出していた。

齢を重ねた上に浪々の身となっても、その業前《わざまえ》は冴えている。

それでも後れを取るわけにはいかなかった。

「試してみるかい」

「ほざくでねえぞ下郎。うぬの動きはもう見切った」

「そっちがその気なら、こっちも手加減できねぇぜ」

「黙りおれ」

林田は激していながらも力むことなく、両の手を体側《たいそく》に下ろしていた。

抜刀術の遣い手は構えを取らず、自然体から仕掛けてくる。故に動きを先読みするのが難しく、刃筋《はすじ》を見切ることも至難なのだ。

対する十蔵が恃みとするのは、郷里の山で培った身の軽さ。

少年の頃から鍛え上げた動きである。

しかし、山猿の異名を取った十蔵も老いには勝てない。

再び跳び退ることにより、抜き打ちをかわすのは至難。

となれば、近間《ちかま》で渡り合うより他にあるまい。

もとより命懸けの攻防だ。

剣術使いは例外なく、体術も心得ているのが常だ。

刀を抜き、振るうのは体術の一部であり、小手先だけの技ではない。

迎え撃つ十蔵はもとより丸腰。

しかし、有事の備えを怠ってはいなかった。

懐から取り出した得物《えもの》は、両端に分銅《ふんどう》のついた鎖。

万力鎖《まんりきぐさり》と呼ばれる捕具《とりぐ》だ。

携帯することを前提に造られた万力鎖は、畳めば合わせた手のひらに収まるほどのものである。

十蔵は近間に踏み込んだ。

林田が抜き打った刀を止めたのは、万力鎖を巻いた左の手だ。

空けた右手で当て身を浴びせ、よろめくところを押さえ込む。

「大人しくしな」

耳元でささやく十蔵は、林田の左腕の関節を極《き》めていた。

「お前さん、どうして俺の立ち回り先を知っていたんだい」

「こ、殺せっ」

「役人の仕事は殺しじゃねぇよ。悪い奴を御縄にして、罪の報いに裁きを受けさせるだけのこった」

「拙者を咎人にする所存か」

「行先は佐竹様の上屋敷だ。浪々の身になった野郎がしでかしたことも、元のご家中で裁いてもらうのが天下の御定法なんでな」

「くっ……」

「料簡《りようけん》したなら早く答えな。誰に俺のことを探らせた？」

「だ、誰が申すかっ」

「言わなきゃ左の軸手《じくて》をへし折るぜ」

「何じゃと……」

「骨がくっついても元のとおりにゃ動かねぇようにしてやるよ。ご自慢の抜き打ちも役に立たなくなるってわけだな」

「ま、待て」

「答える気になったのかい？」

「かくなる上は止むを得まい……」

林田は口惜しそうに俯いた。

しばしの間を置き、顔を上げる。

その顔が不意に強張った。

打裂羽織の左胸が朱《あけ》に染まっている。

「鉄砲傷だと!?」

傷口を視認したとたん、十蔵の表情も強張った。

林田の命を奪ったのは、闇を裂いて飛んできた鉛玉。

しかし轟音はもとより、火縄の臭いも感じ取れない。

「くそったれ……」

事切れた林田を抱き上げて、十蔵は臍《ほぞ》を噛む。

見事なまでの口封じだった。

九

悄然《しょうぜん》と歩き去った十蔵を、物陰から見送る者が居た。

忍び装束を纏った姿で手にしていたのは、奇妙な形をした一挺の銃。

日の本では気砲《きほう》と称される、阿蘭陀《オランダ》渡りの空気銃だ。

風銃《ふうじゅう》とも呼ばれる気砲は火縄銃に匹敵する威力を備えている。弾丸を撃ち放つのに圧縮した空気の力を用いるため、火薬も火縄も無用であった。

異国で専《もっぱ》ら狩猟にしか用いられなくなった時代遅れの産物も、合戦《かっせん》が絶えて久しい日の本においては脅威の兵器。

もちろん脅威と成り得るためには、使いこなす技量が必要だ。

「悪く思わないでおくれよ、八森の爺さん」

口封じの役目を終えた得物を背に負って、つぶやく声は女人《にょにん》のもの。

去る長月朔日《ついたち》に茅場町《かやばちょう》芸者になりすまし、八丁堀の組屋敷から出仕する途次の十蔵に接触を図《はか》った密偵の女である。

抱えるあるじの名前は、中野播磨守清茂という。

小納戸頭取《こなんどとうどり》として千代田の御城の中奥《なかおく》に詰め、当代の将軍である家斉の信頼も篤い人物であった。

「せいぜい長生きしておくれな」

なぜか切なげな響きを帯びた声でつぶやいて、密偵は顔を上げた。

忍び装束の頭巾から覗いた顔は夜目にも美しい。

すでに夜は更け、町境《まちざかい》の木戸は閉じられていた。

御禁制の異国渡りの兵器を手にしたままで、通り抜けられるはずもない。

気砲を背負った密偵は、軽やかに跳び上がった。

町家の塀から屋根に登っていく動きは軽やか。

十蔵が林田を相手取ったのにも増して敏捷な、若さ故の体の捌きだった。

中野家の屋敷では、茂十郎が膝を揃えたままで動けずにいた。

「ゆるりと致せ、杉本」

「左様なわけには参りませぬ」

「そろそろ使いが戻る頃合いぞ。果報《かほう》は寝て待てと申すであろう？」

「お、恐れ入りまする……」

「まことに寝られてしもうては困るが、硬くなるには及ばぬぞ」

緊張を隠せぬ茂十郎に向かって告げる、男の口調は柔らかい。

中野播磨守清茂だ。

当年四十七の清茂は、髭の薄い質であった。

剃り跡が青々とすることもない顔は面長で、茂十郎に増して目が小さい。

その小さな目を向けられ、茂十郎は募る緊張を隠せずにいる、
類い稀な商才に度胸を兼ね備えた逸材としての茂十郎の評判は、双子の兄の力添えがあって成立するものだ。

二人一役で巧みに入れ替わり、相手に合わせて対処することによって難しい商談を成立させてきたのである。

本来の茂十郎は荒事《あらごと》が不得手《ふえて》な質。

斯様《かよう》な折に適役なのは、血を分けた兄のほうだ。

兄は船宿のあるじとして、茂吉《もきち》と名乗っている。

共に生まれて早々に名も付けられず捨てられた兄のため、茂十郎が改める前の真名《まな》を贈ったのだ。

功成り名遂げた茂十郎の力を以てすれば、名無しのままで長らく過ごさざるを得ずにいた兄の人別《にんべつ》（戸籍）を作るのは雑作も無い。

恃みとする存在であるが故、篤く遇さずにはいられないのだ。

「お殿様」

次の間に続く襖の向こうから女の声がする。

「ご免くださいやし」

同時に聞こえた訪《おとな》いは、廊下に面した障子越し。

「兄さん⁉」

潜んで警戒してくれていたことに驚く茂十郎の目の前を、忍び装束が突っ切った。

障子を突き破った勢いのままに、跳びかかった相手は茂吉。

「止《や》めよ」

密偵が抜いた刃を振り下ろすのを、清茂は上座《かみざ》からの一言で止《と》めた。

「流石は中野の殿様だ。おかげさんで命拾いしやした」

廊下に組み伏せられたまま、茂吉は笑顔で謝意を述べる。

「おぬしが杉本の兄か。やはり双子は似るのだの」

「左様にございますね」

清茂のつぶやきに同意を示すと、密偵は茂吉を解放した。

上座に向かって躙り寄り、差し出したのは気砲。

「使うたか」

「はい。生け捕りにされましたので」

清茂に問われて答える密偵の声は淑《しと》やかそのもの。

一瞬にして大の男を組み伏せ、刃を突きつけた強者《つわもの》とは思えなかった。

のみならず、仕損じた林田の口封じまでしてきたらしい。

十蔵を仕留めたのならば、清茂とて殺させはすまい。

腕の立つ刺客は使い捨てずに飼い慣らすべきである。

しかし仕損じた上に捕らえられ、生き証人にされるとなれば話は別だ。

あらかじめ清茂から因果を含められていたとはいえ、これはと見込んだ林田が役に立たなかったことは口惜しい。

「残念だったの、杉本」

「面目次第もございませぬ」

「致し方あるまい。八森はしばし生かしておこうぞ」

「まことに宜しいのでございまするか?」

「今は良い。大奥に仕掛けねばならぬことがあるのでな」

「御年寄の帚木《ははきぎ》様でございまするか」

「その時はおぬしにも手伝うてもらおうぞ」

「何なりとお申し付けくださいませ」

「うむ」

平身低頭の茂十郎に、清茂は言葉少なに頷き返す。

茂吉は敷居の向こうで頭を下げながらも、両の目をぎらつかせている。

弟を顎で使われるのは腹立たしい限りだが、逆らうわけにはいかない。

中野播磨守清茂は、いずれ無二の威光を得る傑物《けつぶつ》。

その恩恵に浴するまでは黙して耐える他にないと、憤りながらも得心していたのであった。

顔見世《かおみせ》を前に

一

「平賀先生に遺恨を抱きし者に襲われただと……!?」

探索を終えて帰宅した壮平は、十蔵から思わぬ話を聞かされた。床《とこ》に就く前に隣の八森家へ足を運び、常の如く寝酒を共にしている最中であった。

「その林田と申す男は、まことに佐竹侯のご家中だったのか？」

「俺が源内のじじいと秋田へ出向いた時に、お目付役として山ん中までついてきた奴だから間違いねぇやな。本来の御役目は馬廻《うままわり》だ」

「主君が外出《そとで》の警固役か。ならば腕が立つのも道理だの」

「その頃の佐竹の殿様は曙山って名前で知られた絵描きでな、江戸参勤を終えて国《くに》表《おもて》に帰りなさると絵筆を握って、ご領内をあちこち出歩きなすったそうだ。そのお供を仰せつかってたのが林田と小田野だったんだよ」

「かの『解体新書』の挿絵を手がけし小田野直武殿だな」

「源内のじじいが惚れ込んだのも無理のねぇ、いい男だったぜ」

「されど寵愛《ちょうあい》しておられたのは、佐竹侯がお先であった」

「その主従仲睦まじいとこに割り込んじまったのが、博覧強記《はくらんきょうき》のくせに遠慮の二文字を知らねぇ平賀源内だったって次第でな」

「故に林田は先生を許せなんだのか……」

「それだけ深い想いを小田野に抱いていたのだろうぜ。殿様のお手が付いたのを潮に諦めたのを江戸から乗り込んできた大山師《おおやまし》なんぞに寝取られりゃ、腸《はらわた》が煮えくり返るのも無理はあるめぇ」

「他ならぬ佐竹侯がお認めになられたとあっては手を出せず、ひたすら耐え忍ぶしかなかったのであろう」

「その箍《たが》が浪々の身になって外れちまったのだろうよ」

「したが平賀先生はすでに亡く、行き場を失うた怒りの矛先が弟子のおぬしに向けられたのは、災難と申すより他あるまい」

「とばっちりでも逃げ出すわけにゃいかなかったぜ」

「抜刀の遣い手とあらば、尚のことぞ」

「だから退《ひ》くと見せて前に出たのさね」

「よくぞ生きて戻ってくれたの」

「勝負が長引いちまったら、俺も無事じゃ済まなかっただろうよ」

「おぬしが万力鎖の捌きに秀でておるとは、林田は知らなかったのであろう」

「八森の家へ婿に入って義父《おやじ》に鍛え直される前は、身が軽いのと馬鹿力だけが取り得だったからなぁ」

「その身の軽さも寄る年波で衰えたと、甘《あも》う見たに相違あるまい」

「ほんとに危ねぇとこだったよ」

「ともあれ、左様な次第でおぬしに刃を向けるとは八つ当たりも甚《はなは》だしいぞ」

「やっぱりそう思うかい」

「腹が立たぬのか、八森」

「我ながら妙なこったが、どうにも怒る気になれねぇんだよ。源内のじじいが小田野に目を付けなけりゃ、こんなことにはならなかったと思うと……な」

浮かぬ顔で今宵の顚末《てんまつ》を語る十蔵は、寝間着の上から褞袍《どてら》を羽織った姿。

長月の末に至った江戸の夜は、寒がりの十蔵ならずとも体が冷える。二人の夜毎の習慣である寝酒も十三夜の月見の辺りまでは雨戸を開け放ち、夜風の吹き寄せる縁側で肩を並べて酌み交わしたものだが、二十日を過ぎて芝神明宮のだらだら祭が終わる頃には炬燵《こたつ》で向き合い、火鉢で燗をつけた茶碗酒を傾けるようになっていた。

話を終えた十蔵は燗徳利を取り、壮平の碗を満たした。

壮平は一口含み、乾いた喉を湿らせる。

「……八森」

「何だい、壮さん」

「死地を脱したのはまことに幸いなれど、始末が甘いぞ」

見返す十蔵と視線を合わせ、壮平は苦言を切り出した。

「林田の亡骸を無縁仏として寺に託し、弔いの費《つい》えまで出してやるとはお人好しにも程があろう。何故に佐竹侯の上屋敷に引き渡して参らなかったのだ？」

壮平は厳しく指摘しながらも、声まで荒らげはせずにいる。

対する十蔵も怒ることなく、相方の言葉に応じていた。

「それが道理と分かっちゃいたが、事を表沙汰にするわけにゃいかねぇからだよ」

「上屋敷詰めの者たちは、主君の恥と思わば口外すまい」

「律義に黙るのは江戸勤番のさむれぇだけさね。最初《はな》っから忠義も何もありゃしねぇ江戸雇いの若え中間《わけちゆうげん》や女中にしてみりゃ、こいつぁ日頃の憂さ晴らしにお誂《あつら》え向きのネタだ。さぞ喜び勇んで触れ廻るこったろうよ」

「さすれば遠からず噂となりて、杉田先生のお耳に入るということか……」

「そいつぁ何としても避けなきゃならねぇ。分かってくれたかい、壮さん」

「……当節は何処《いずこ》のご家中においても、町家より奉公に上がりし女中の扱いには手を焼いておるらしい」

「親の見栄で勤めを強いられたとなりゃ無理もあるめぇが、武家の女を敬うどころか張り合うことしか考えちゃいねぇからなぁ。工藤《くどう》先生んとこのあや子《こ》様も行儀見習のご奉公をしていなすった時は、その手の撥《は》ねっ返りどもに手を焼かされたんじゃねぇのかい」

「しかとは伺うておらぬが左様であろうぞ。芝居を見物しても上《うえ》つ方《かた》の武家女がやり込められるたびに快哉《かいさい》を上げる故、根の深きことだと嘆いておられた」

「顔見世に合わせて宿下がりをさせてやりゃ、忠義者の真似事ぐれぇはするかもしれねぇぜ」

「さもあろうが、それでは武家の威光もへったくれもなかろうぞ」

「少なくとも佐竹様のご家中は、奉公人に甘くはねぇそうだ」

「おぬしが左様に承知しておったが故の仕儀とあらば是非もない。見当違いなことを言い立てて相すまぬ」

「こっちこそ、毎度の横紙破りですまねぇな」

素直に詫びる壮平に、十蔵は笑顔で答えた。

二

中野家の屋敷では、清茂も寝酒の杯を傾けている最中だった。

酌をするのは密偵の女である。

忍び装束から改めた装いは、結城木綿《ゆうきもめん》の古びた小袖。

去る二百十日の風の中、素性を隠して十蔵に近付くために用いた一着だ。

武家に仕える身であれば、絹物を着ても障りはない。

主家の当主の酒席に侍《はべ》るとなれば尚のことだ。

しかし清茂は気分を害した様子もなく、女の酌を受けていた。

「……その小袖、おぬしに一番似合うておるな」

手にした酒杯をくいと乾し、清茂がつぶやいた。

「恐れ入りまする」

淑やかに答えながら酌をする女の顔は、まさに花の顔《かんばせ》だった。

忍び頭巾に隠されていた顔は、目鼻立ちの整った細面。

美形でありながら嫌みを感じさせない、男好きのする顔立ちだ。

頬は細すぎず太すぎず、もとより骨が張ってもいない。

顎も適度に丸みを帯び、厚めの唇が情の濃さを感じさせる。

体つきも格別であった。

肉置《ししお》きは豊かでありながら、帯がきつくなるほど腹回りが太くはない。

それでいて胸と腰の張りは頼もしく、子を宿して生み育てるのに不足はなかった。

「おぬしの亡き母も稀なる女人であったそうだの」

「まぁ、どなたにお聞きなすったんですか」

「おぬしが父親《てておや》の日啓《にっけい》に決まっておろう。おなごは飽きるほど抱いて参ったが、未《いま》だ夢に見るのは一人だけだと切なそうに申しておった」

「女冥利に尽きまするね」

あるじの言葉に微笑みながら、女の双眸《そうぼう》は何の感情も帯びてはいない。

清茂の目も同じである。

小さな瞳は黒々としているばかりで、胸の内を計りかねる。

夜が更けても髭が濃くなる気配はなく、元々生えていないかのようである。睫毛《まつげ》が根こそぎ抜けてしまったかの如き有様なのも、奇妙なことだ。

眉を筆で描いているのは、公家に倣って化粧を嗜《たしな》むが故なのか。

つるりとした口許を僅かに綻ばせ、清茂が言った。

「おぬしの妹は、大奥での暮らしを堪能しておるようだのう」

どうやら苦笑いをしているらしい。

「お殿様も左様に思われまするか」

質問で返す女は当惑したかのような面持ちだった。

「御広敷にて顔を合わせるだけでも察しはつく。おぬしと違《ちご》うて顔に出る故な」

「困った子ですね。幼い時から、まるで変わっておりませぬ」

「したが、それが可愛いとも日啓は申しておったぞ」

「さもございましょう」

答える女の双眸が、微かに曇る。

慣れてはいても、聞き流すのは些《いささ》か辛い。

そんな感情を孕《はら》んだ眼差しだった。

清茂は素知らぬ顔で杯を乾す。

酌をする女の目から、すでに憂いの色は失せた後。

しかし続く一言は、日頃の冷静さを欠いたものであった。

「後は上様に御手を付けていただき、謹んで御子種を頂戴つかまつるばかりにございまするね」

「これ、他人事《ひとごと》のように申すとは何事か」

聞き咎めた清茂の声は険しい。

「申し訳ありませぬ」

咄嗟《とっさ》に謝る女の耳朶《じだ》を、重ねて険しい声が打った。

「いつまでも妹任せにするでない。上様の御子を孕まねばならぬのは、おぬしも同じであるのだぞ」

「お殿様……」

「身共がおぬしら姉妹を引き取ったのは、日啓めに恩を売るためには非ず。衷心《ちゅうしん》より望んでのことなのだ」

「も、もとより心得ておりまする」

「その言葉に偽りはあるまいな？」

念を押す清茂の声からは険しさが失せていた。

代わりに込められたのは、意外なほどの熱い気迫。

続く言葉も更なる熱気を帯びていた。

「おぬしが欲の薄きことは存じておる。それなる形見の小袖も妹ならば箪笥の肥やしに致すどころか、早々に打ち捨てるに違いあるまい。げに欲深きおなごが居《お》ったものだと、顔を合わせるたびに思い知らされるばかりぞ」

「…………」

「越中守が如き綺麗ごとは言いとうないが、欲が薄いはまことに尊きことぞ。したが上様の御子種を頂戴つかまつる儀ばかりは、先を争うてもらわねば相ならぬ」

「…………」

「得心したなら今宵は休め。大儀であった」

押し黙った女に対し、清茂は抑えた声で労をねぎらった。

「ご無礼をつかまつりまする」

女は淑やかに一礼し、酒肴《しゅこう》の膳を下げて退出する。

見送る清茂には相も変わらず表情がない。

「願わくば姉妹で揃うて御懐妊つかまつれ……さすれば身共はおぬしの腹に宿られし御子を御畏れながら、中野の跡継ぎとすることが叶うのだ……」

声を潜《ひそ》めてつぶやく声は穏やか。

されど両の瞳が帯びた熱気は、未だ冷めてはいなかった。

三

「もうすぐ顔見世だぜ、壮さん」

「気が早いぞ八森。まずは神無月《かんなづき》に新役者付《しんやくしゃづけ》をお奉行が検《あらた》め、市中に広目《ひろめ》（宣伝）が為されてからではないか」

「そうだったな。今はまだ長月で、神無月と来て霜月《しもつき》かい」

「今年もまだ三月《みつき》残っておるということだ。師走《しわす》まで気が抜けぬぞ」

十蔵と壮平は茶碗酒を傾けながら語り合っていた。

「壮さんのお内儀は、芝居見物に連れて行けなんてせがんだりはしねぇのかい」

「わきまえておる故、大事ない。若き頃にはせがむまでもなく義父上《ちち》が気を利かせ、夫婦水入らずで楽しんで参れと席をご用意くださったものだがな」

「和田のおやっさんが、そんなことをしてくれてたのかい？」

「志津《しづ》が申すには私が婿入りする前から毎年欠かさず、左様に取り計ろうておられたそうだ。義母上《ははうえ》がご存命の頃には家族揃うて出かけたらしい」

「その時分には南の隠密廻の爺様たちも達者だったってことだなぁ。そうでなけりゃ休みを取っての芝居見物たぁ洒落《しゃれ》込めねぇぜ」

「今は足腰が立たなくなり、お奉行のご配慮で御扶持のみ頂戴しておる有様である故な……江戸三座の護りが我らの専任となってしもうたのも致し方なき次第ぞ」

「さりとて南の番外連中にゃ隠密廻の七方出は真似できめぇ。難儀なこったが今年の顔見世も俺たち二人で乗り切るしかねぇやな」

「そういうことだの」

「呑み直すとしようかい」

壮平と苦笑を交わす十蔵の顔に、もはや沈んだ様子はない。

林田を目の前で口封じされて覚えた慙愧《ざんき》の念も、今は鎮《しず》まっていた。

十蔵が八丁堀に帰る前に亡骸を運んだ先は、存じ寄りの荒れ寺だった。

鉛玉を撃ち込まれて息絶えた浪人を由緒ある寺社に運び込んでも、埋葬するどころか供養も引き受けてはもらえまい。

さりとて亡骸を打ち捨てて、野ざらしにしてしまうのは忍びなかった。

荒れ寺と言っても先頃に召し捕った破戒僧の自然が形だけ住職となっていた寺ほど寂《さび》れておらず、寺男が管理している墓地も有る。林田も無縁仏の扱いで葬られるのは武家の出として不本意だろうが、平賀源内の名前が悪い噂によって広まる事態を防ぐためには致し方あるまい。

「それにしても早いものだの。来年は平賀先生の三十三回忌か」

「へっ、道理で白髪も増えるはずだぜ」

十蔵の恩師だった源内が破傷風で命を落としたのは、安永八年（一七八〇）師走の十八日。多芸多才の士として人気を博した当初は好意的に見なされた奇行が目に余るものとなり、挙げ句の果てに引き起こした刃傷沙汰で罪に問われて小伝馬町の牢屋敷に収監された末の悲劇であった。

すでに十蔵は破門され、内弟子として住み込んでいた源内の家から追い出された後だったため、この悲劇を未然に止めることは叶わなかった。

不遇な最期を遂げてから三十年が過ぎ、奇才と呼ばれた源内が生前に親しく接した人々のほとんどは泉下《せんか》の住人。

門下に入った当初は若かった面々も齢を重ね、源内の戯作者としての衣鉢《いはつ》を継いで大成した森島中良《もりしまちゅうりょう》も昨年の暮れに没した。源内が高松藩を離れて江戸に居着いた頃からの門人は、もはや数えるほどしか残っていない。

絵師にして蘭学にも通暁《つうぎょう》し、西洋から伝わった銅版画の技法を日の本で初めて実践した司馬江漢《しばこうかん》は、源内の古参の弟子で未だ健在の一人である。

その江漢が弟弟子の十蔵を密かに頼り、八丁堀の組屋敷で間借りをしていることを知るのは、ごく限られた者だけであった。

「時に八森、今宵は司馬先生も居られぬのか」

「本宅に帰ってるよ。絵の注文が立て込んじまって、俺んちでのんびりしちゃいられねぇそうだ」

「流石は数多《あまた》の大名諸侯に贔屓《ひいき》にされておられる御仁《ごじん》だな。商売繁盛で何よりぞ」

「面が駱駝《らくだ》みてぇでも、腕はとびっきりだからなぁ」

「人様の見た目を左様に申すでない。おぬしこそ平賀先生から山猿と呼ばれておったのであろう？」

「酷いぜ壮さん。お前さんみてぇな二枚目に言われちゃ返す言葉もありゃしねぇ」

「褒めてくれても何も出さぬぞ」

壮平は苦笑しながら炬燵を抜け出した。

土間に立ち、勝手知ったる足の運びで歩み寄ったのは糠味噌《ぬかみそ》の壺。

折よく食べ頃に漬かっていた蕪《かぶ》と人参を取り出し、糠を均《なら》して蓋をする。

竈の火を落とした土間の冷え込みを苦にすることなく甕《かめ》の水を汲み、洗う手付きも慣れたものだ。

「すまねぇな、壮さん」

十蔵は相方の労をねぎらいながらも手を休めず、酒を注いだ燗徳利を火鉢に掛けて温めるのに余念がない。

夜更けの八丁堀は静まり返っていた。

町方与力と同心が暮らす八丁堀の組屋敷は、南北の町奉行が管理を任された約四万坪の拝領地から与力に三百坪前後、同心に百坪弱が与えられる。

二百石取りの与力の家は冠木門《かぶきもん》を構えた上に築地塀《ついじべい》を周囲に巡らせ、旗本格として馬まで養っているが、三十俵二人扶持の同心の住まいは簡素。門構えからして片開きの木戸門で、もとより門番など置いてはいなかった。

静寂を時折破るのは、その木戸門が夜風に軋む音。

「今夜も風が強えなぁ」

「風音で眠りが浅うなっては明日の御用に差し障る故、しかと呑んでおこうぞ」

「合点だぜ、壮さん」

十蔵は笑顔で答えつつ、燗がついた酒を注ぎ分ける。

壮平は漬物を手早く刻み、二つの小鉢に盛り付ける。

組んで三十年を経た男たちの動きは、斯様な折も阿吽《あうん》の呼吸であった。

四
「おかげさんで無事に帰って来られたな」

「それは私が言うことだよ、兄さん……」

「へっ、礼には及ばねぇよ」

船宿の二階座敷に灯された行燈が、安堵した兄弟の顔を照らしていた。

障子窓に映る水面《みなも》は、店の前を流れる神田川だ。

茂十郎が財を成して早々に買い取り、茂吉をあるじに据えた船宿が在るのは、大川との合流域に近い柳橋《やなぎばし》から少し離れた浅草橋寄りの岸辺である。双子の弟の茂十郎が大坂屋に奉公するのと同時に江戸に下り、住み込みの船頭となって働いていた茂吉を一本立ちさせるために用意したのだ。

そもそも茂吉が表向きの生業《なりわい》として船を漕ぐことを選んだのは、髷を濡らさぬように頬被りをするのみならず、日差しを避ける笠まで被っていられるが故のこと。

商いに必要な装いをして面体《めんてい》を覆い、十組問屋の肝煎から三橋会所の頭取へと出世を重ねる弟と瓜二つの顔を隠し通せるのは都合が良い。

当初は茂吉が船頭を兼ねており、居抜きで買い取った店に付いてきた猪牙で日銭を稼ぐのに勤《いそ》しんだものだが、程なく費えを惜しまずに幾人も抱えることができるようになり、長らく櫓《ろ》を握ることもなかった。

今宵、茂吉が久方ぶりに猪牙を駆って神田川へ漕ぎ出したのは、中野播磨守清茂の屋敷に呼び出された弟の安否が気遣われたが故のこと。

秩父の山で下地となる体を鍛え、船頭稼業で磨きをかけた身の軽さを発揮して天井裏から屋敷の奥まで忍び込み、茂十郎が清茂の私室に居るのを突き止めるや、安否を気遣う余りに乗り込まずにはいられなかった。

無茶をしたものである。

生きて帰ることができたのは、僥倖《ぎょうこう》と言うより他にないだろう。

茂十郎は兄に感謝する一方、苦言を呈さずにはいられなかった。

「兄さんは自重という言葉を知らないのかい。中野の殿様が止めてくださるのが寸毫《すんごう》でも遅れていたら、引導を渡されていたんだよ!?」

「そんなに責めねぇでくれよ。あんなに肝《きも》を冷やしたのは、俺も初めてなんだから」

「その肝に銘じておくれな。二度と無茶はしないってね」

「分かった分かった。それにしても、いい女だったなぁ」

「あんな目に遭ったのに、何を考えてるんだい」

「肝が冷えても、自慢の金玉までは縮み上がらなかったってことさね」

茂吉は涼しい顔でうそぶいた。

「十蔵と同じ師匠に柔術《やわら》を教わった俺をたちどころに押さえ込んだ腕前も大したもんだが、あんなに抱き心地のいい体をした女《の》は滅多に居るめぇよ。好きにしていなさる中野の殿様が羨ましいぜ」

本音を込めて茂吉がたたいた大口に、茂十郎が思わぬ答えを返した。

「……あのくノ一は殿様の娘御だよ」

「ほんとかい?」

茂吉の小さな目が丸くなった。

「と言っても、他所から貰いなすった養女だけどね」

兄と同じ目をした茂十郎が言い添えた。

「そいつぁ中野の殿様が明かしてくだすった話なのかい？」

「殿様からお知恵を拝借するようになって、一年ほど経った頃だったよ」

「するってぇと、この船宿を構える前のこったな」

「まだ兄さんは雇われ船頭をしていたね」

「あの時分はお前さんもまだ大坂屋の手代で、奉公人の仕事と裏の稼ぎで息を抜く暇も無かっただろ」

「休みたいと考えることさえ贅沢だと思い定めていたからね」

「一つ一つの稼ぎは高が知れたもんだったし、数をこなすしかなかったよな」

「釣銭のごまかしもこつこつやれば、結構な日銭になったねぇ」

「歌舞伎の興行がある月は芝居茶屋の弱みを探り出し、先取りした席を羽振りのいい客どもに高く売りつけることもやったなぁ」

「上がりを残らず寄越せって、おっかねぇ連中に凄まれたのを覚えてるかい？」

「俺が足止めをしてる間に、お前さんが逃げ延びてくれて幸いだったぜ」

「あんなに韋駄天《いだてん》走りをしたのは、後にも先にもありゃしないよ」

「俺だって、あんなに殴られまくったのは初めてさね」

「お互いに無茶を重ねたもんだねぇ」

「それもこれも、親父と兄貴たちが手放しちまった田畑《でんぱた》を買い戻すためだと思えば苦にはならなかったぜ」

「その甲斐あって見通しもついてきたよ」

「流石は俺の弟だな」

「兄さんが力を貸してくれたおかげだよ」

笑顔で言葉を交わす兄弟に悪びれた様子はない。

図らずも茂吉が漏らしたとおり、茂十郎が金銭に執着する裏には切実な理由が存在したからだ。

傾いた家を立て直す使命を帯びた誰もが悪事を働くわけではないが、中には非道と承知で人を騙す手合いも居るものだ。

度し難いことである。許し難い所業である。

しかし、当人たちは罪悪感を抱くには至らない。

使命感に燃えているからだ。自分にしか成し得ぬことと信じ込んでいるからだ。

盗人《ぬすっと》にも三分の理《ことわり》とは、よく言ったものだ。

事の是非はどうあれ、目的を同じくする者同士は仲も良い。

双子の兄弟である二人は尚のこと、固い絆で結ばれていた。

「ところでお前さん、大坂屋に帰らなくてもいいのかい？」

「構わないよ。どうせ女房も義弟も待っちゃいないさ」

　茂十郎は苦笑交じりに言い切った。

「隠居が大事にされるのは血の繋がった息子を後継ぎにするからだよ。奉公人あがりでも先代さんが手塩にかけなすったのなら話も違うだろうけれど、私は昔から可愛げのない男だからねぇ……碌に愛想笑いもされやしないさ」

「それにしたって、店を立て直してもらった恩人にあんまり酷いじゃねぇか」

「恩なんか、今さら着せる気にもなりゃしないよ」

　案じ顔の兄に微笑み返す、茂十郎の顔は明るかった。

　婿入り先での日常はどうであれ、今は茂吉と二人きり。

　心安らかであることが、淡い行燈の明かりだけでも見て取れる。

「兄さん、このまま泊まっていっても構わないんだろう？」

「こっちは気楽な独り身だ。もとより遠慮は無用だぜ」

「そうと決まれば寝しなに一杯やろうじゃないか」

「そいつぁいいが、肴《さかな》がねぇぜ」

「有り合わせで構わないよ」

「豆腐と油揚げだけじゃ、味噌汁《おつけ》ぐれぇしか作れねぇぞ」

「だったら油揚げを半分炙《あぶ》って、残りは鍋にしよう」

「湯豆腐にするのかい」

「油揚げが入ると一味違うんだよ。細切りにしたのを賽《さい》の目の豆腐と一緒にぐつぐつやるのも乙《おつ》なもんでね」

「天下の十組問屋と三橋会所の束ね役が言うこととは思えねぇなぁ」

「気取った料理なんざ付き合いの席だけで十分だよ。こんがり炙った油揚げに醬油《したじ》を垂らしたので丼飯を搔っ込むほうがよっぽど美味いや」

「そんなことを言われちまうと、飯も炊かなきゃならねぇな」

「どうせ宵っ張りなら腰を据えてやろうよ」

「がきの頃に戻った心持ちで、白い飯を腹一杯になるまで喰らうとしようかい」

「いいねぇ」

「それじゃ急《せ》き前《まい》で取っかかろうぜ」

「手伝うよ、兄さんっ」

「よし来い」

二人の四十男は童心に帰ったかの如く、先を争って階下に降りていく。

双子の兄弟水入らずの宴の支度が調うまで行燈の油を無駄にせず、灯芯を一本だけにしておくことも忘れなかった。

五

月が明け、神無月も末に至った。

洋暦では十二月の半ばに近いとあって、十蔵が苦手な寒さは厳しくなる一方だ。

日差しが暖かいのは午前の内だけで、吹く風も冷たさを増すばかり。

そんな月末の通りの辻々に、女たちが目の色を変えて群がっていた。

「番付屋《ばんづけ》さん、早くおくれな」

「ちょいと、あたしが先だよ！」

「てやんでぇ、おととといきやがれ!!」

流しの物売りを取り囲み、先を争って買い求めるのは刷り物。

ずらりと並んだ名前の下に、一群の人物が描かれている。多色刷りが華やかな錦《にしき》絵《え》と違って墨一色の上、筆遣いも古めかしい。

にもかかわらず、三枚一組の刷り物は飛ぶように売れていく。

この刷り物は、歌舞伎役者の番付である。

正式な名称は新役者付。霜月に催される顔見世興行の宣伝を兼ねて、神無月の末に売り出されるのが毎年の習わしだ。

「へへっ、寒い中をご苦労なこったぜ」

「年に一度の楽しみなれば無理もあるまい」

寒風をものともせずに群がる女たちを尻目に、十蔵と壮平は苦笑い。

共に深編笠で顔を隠してはいるものの、変装まではしていなかった。

身なりも特に変えてはおらず、黒紋付と裏地が白い紺足袋を脱いだのみ。黄八丈も染めが渋いため、悪目立ちをすることはない。年相応に落ち着いた色合いの着流しに大小の二刀を帯び、黒足袋に草履《ぞうり》を履いた姿は非番の老いた御家人が連れ立って散歩でもしているかのような趣《おもむき》であった。

「壮さん、あれは若様じゃねぇのかい？」

「左様だな。銚子屋《ちょうしや》の家付き娘も一緒だの」

十蔵に続いて視線を向けた壮平は、微笑み交じりにつぶやいた。

運河の対岸を歩いていたのは、坊主頭の小柄な男と可憐な町娘。

筒袖と野袴に草履履きの坊主頭は、若様と呼ばれる青年だ。

一年前に江戸へ流れてきた若様は、己が来《こ》し方を覚えていない。断片的に残る記憶から禅宗の寺で育ち、僧侶の修行を積むと共に唐土《もろこし》渡りの拳法を学び修めた身であることは判明したものの、未だ名前も思い出せずにいた。

その若様を見出し、番外同心という影の御役目を与えたのが南町奉行の根岸肥前守鎮衛である。

南の名奉行と評判を取った鎮衛が人知れず背負ってきた彫物に絡んだ騒動も、若様をはじめとする番外同心たちの活躍によって、つい先頃に鎮まった。

若い番外同心たちには足りない知恵を、年の功で補ったのは十蔵と壮平だ。

若き日の鎮衛が身分を偽り、臥煙《がえん》と呼ばれる火消役旗本の配下に加わっていた過去を踏まえた仕掛けは見事に成功。十蔵の豊富な人脈も功を奏し、鎮衛は南の名奉行として の評判を落とすことなく、危地を脱したのだ。

「昼日中っから逢引《あいびき》たぁ、若様も隅に置けねぇな」

「斯《か》くも初々しゅうては逢引とまでは言えまいが、仲が良くて結構なことぞ」

微笑ましく見守る十蔵と壮平の視線の先で、若様は番付を買い求めていた。

勘定は連れの町娘が持ち、手にした番付は二組。

「一組は沢井の分であろう」

「芝居好きにゃ何よりの土産だな」

「いや……ただの土産物ではあるまいぞ」

「どういうこったい」

「銚子屋の娘は算勘《さんかん》も得意のしっかり者だ。無駄な散財はすまい」

「するってえと、若様を連れ出すための口実かい？」

「沢井のためと言われては、若様も嫌とは申せなんだのだろうよ」

壮平の読みは当たりのようだった。

踵を返そうとした若様の腕を取り、町娘が引っ張っていく。

あの町娘の名はお陽《よう》。

一人娘として生まれた銚子屋は、深川《ふかがわ》でも指折りの干鰯《ほしか》問屋だ。

当年十八のお陽は、いつ婿を取ってもおかしくない年頃である。

大店《おおだな》の家付き娘で亡き母譲りの容姿にも恵まれたお陽に縁談は引く手数多《あまた》だったが
当人は若様しか眼中にない。父親の門左衛門《もんざえもん》も三代続いた銚子屋の婿に申し分ないと
見込み、父と娘で二人して若様を口説いていた。

子煩悩な父親が助太刀せずとも、お陽は大事ないらしい。

「壮さん、行く先は西両国みたいだぜ」

「広小路ならば、遊ぶ場所には事欠くまい」

「へへっ、自ずと仲も深まろうってもんだなぁ」

「年寄りは余計な口を出すまいぞ……」

ぐんぐん引っ張られていく若様を『北町の爺様』たちは苦笑交じりに見送った。

六

「たったの羽織一枚でも、有ると無いとじゃ大違《おおちげ》えだな……」

先に立って歩きながら、十蔵がぶるりと体を震わせた。

若様とお陽を見送った時よりも、風は冷たさを増している。

「いま少しの辛抱ぞ」

後に続く壮平が、声を潜めて励ました。

脱いだ黒紋付と紺足袋は風呂敷に包み、さりげなく小脇に抱えている。

十蔵としては羽織だけでも重ねて着たいところだが、赴く先は廻方の同心と一目で分かる身なりで出入りをするには差し障りのある場所だった。

北町奉行所を後にした二人が向かっていたのは、日本橋の堺町《さかいちょう》。

江戸三座の頂点の座を巡って市村座《いちむら》と張り合う中村座《なかむら》が、常設の芝居小屋を構えて久しい町である。

上方《かみがた》から伝わった歌舞伎が江戸に根付いたのは、三代家光《いえみつ》が将軍だった寛永《かんえい》年間のことである。

当初は女性や少年も加わっていたのが成人男性のみで演じる形式となり、一座の統廃合も相次いだが、最終的に残った中村座と市村座、森田《もりた》座が町奉行所に認められて江戸三座、あるいは本櫓《ほんやぐら》と呼ばれることになった。芝居小屋を持ち、その正面に櫓を掲げることが公に許しを得た証しとされたのだ。

中村座が芝居小屋を構えているのは堺町。

市村座は同じく日本橋の葺屋町《ふきやちょう》。

二つの町は隣接しており、二丁町《にちょうまち》とも称される。

中村座と市村座は張り合いながらも共に客を呼び込み、堺町と葺屋町を等しく活気づかせている。

残る森田座が芝居小屋を構える木挽町《こびきちょう》は二丁町から離れており、客を集められずに休演を余儀なくされることが多いため、かつて森田座と合併された河原崎《かわらさき》座が代理の興行のみを認められた控櫓《ひかえやぐら》として復活し、客離れを防ごうと踏ん張っていた。

そうやって芝居町の人々が力を尽くし、集めた客の懐中《かいちゅう》を狙う悪党が居る。

掏摸《すり》や置き引きに加え、昨今は荒稼ぎと呼ばれる集団で狙った相手を取り囲み、金目の物を力ずくで奪い取る輩も出没していた。

斯様な悪党どもを御縄にするのも、十蔵と壮平の大事な御役目。

江戸三座の芝居小屋は、南北の町奉行所の隠密廻が変装をするために必要な衣装を提供してくれる。

南町の隠密廻は有名無実の存在となって久しいが、未だ現役である『北町の爺様』こと十蔵と壮平にとって、歌舞伎一座との付き合いは欠かせない。持ちつ持たれつの間柄を保つためにも、疎かにできぬ御役目であった。

二人は勝手知ったる足取りで、裏口から芝居小屋に入っていく。

「お久しぶりでございます、八森の旦那」

早いところ暖を取りたい十蔵が楽屋の暖簾を潜《くぐ》るなり、声をかけてきたのは三代目中村歌右衛門《なかむらうたえもん》。江戸で一番人気を争う中村座の、看板役者だ。

「よぉ、加賀屋《かがや》」

「邪魔を致すぞ」

気安く応じる十蔵をよそに、壮平はあくまで折り目正しい。

「和田の旦那も、お楽になすってくださいまし」

笑顔で告げる歌右衛門は、当年取って三十四。

初代歌右衛門の子として生まれ育った大坂《おおさか》から江戸に下り、中村座の舞台に初めて立ったのは三年前のことである。

「おぬし、稽古の最中ではなかったのか」

十蔵が火鉢に当たらせてもらっている間に、壮平は歌右衛門に話しかけた。

「ちょうど一息ついたとこですよ」

答える歌右衛門は変わらぬ笑顔。

「大和屋《やまとや》と張り合うのは結構なれど、無茶は致すでないぞ」

「へっ、あんな奴は最初っから眼中にありやせんよ」

壮平に釘をさされて返す口調も明るかった。

しかし、実のところは気が抜けまい。

京《きょう》大坂で名を成してから江戸に下り、瞬く間に人気を博した歌右衛門には、市村座の大和屋こと三代目坂東三津五郎《ばんどうみつごろう》という好敵手が存在する。二人の鎬《しのぎ》の削り合いは双方の贔屓筋が殴り合いに及ぶほど白熱し、歌右衛門も客から殴打されたことがある。

そんな血気盛んなところも含め、華のお江戸の芝居は熱い。

その熱気に応えるべく、歌右衛門は励んでいるのだ。

しかし十蔵も壮平も、一人の役者ばかりにいい顔をしてはいられない。

「加賀屋、おかげさんで温まったぜ」

「八森の旦那、もうお帰りで？」

「野暮なことは言いなさんな。また面ぁ出すからよ、しっかり励みな」

「邪魔を致したな」

「和田の旦那も、お見限りなきようにお願いしますよ」

歌右衛門に見送られ、二人は中村座を後にする。

「次は葺屋町だな、壮さん」

「その次は木挽町ぞ、八森」

「ちょいと離れてるのが難儀なこったが、仕方あるめぇ」

「悪党どもは場所を選んではくれぬからな」

「分かってらぁな。しっかり見廻って、顔見世に備えるとしようかい」

「心得た」

十蔵と壮平は頷き合い、市村座の芝居小屋に向けて歩き去った。

七

千代田の御城の大奥は、将軍の御座所を擁する中奥と御鈴廊下《おすずろうか》で繋がっている。

渡ることができる男は征夷大将軍その人と、限られた御側仕えの者たちのみ。

天下の老中といえども立ち入ることはままならず、御役目の上で用向きがあっても奥女中とは御広敷で面会することしか許されない。

外部との接触を制限されるのは、大奥で働く女たちも同じである。

宿下がりと呼ばれる休暇で外出に及び、戻ってくる際に通るのは平川御門《ひらかわごもん》。

中野家の屋敷を後にした密偵の女も、大奥勤めをしているのならば潜るべき通用門であった。

しかし、女は御門を潜らない。

のみならず、門限を守ることもしなかった。

夜陰に乗じて屋根伝いに駆け抜け、離れていれば軽やかに跳ぶ。

番士に気取られることもなく、女は大奥に忍び入った。

天井裏から入り込んだのは、御中臈《おちゅうろう》の部屋。

将軍の御手が付いた者のみに与えられる、個室である。
その部屋で暮らす御中臈の名はお美代《みよ》。
もとより実の名前ではなく、大奥へ奉公に上がった際に付けられた源氏名《げんじな》だ。
すでに時刻は深更に至り、御火の番の巡回も通り過ぎた後である。
お美代の方は床に就いていた。
御中臈も部屋持ちとなれば、私的に奉公人を抱えることができる。
しかし、お美代の方の部屋には誰も居ない。
次の間も含めて、人払いがされていたのだ。
密偵の女が天井裏から跳び下りた。
それを待っていたかの如く、お美代が仰臥《ぎょうが》したままで目を開いた。
枕元に降り立ったのを恐れることなく、上体を起こす。
寝間着の上からも分かるほど、肉置きが豊かな体つき。
目鼻立ちの整った細面は、夜目にも艶やかそのものだ。
密偵の女が忍び頭巾を取った。
露わになった細面は、お美代の方と瓜二つ。
それもそのはずである。

この二人は同じ母親の腹から生まれた、双子のくノ一。

月に一度は入れ替わり、一人は大奥、いま一人は中野家の屋敷に詰める。

養父の清茂も承知の上のことである。

二人で一人の奥女中として大奥に奉公し、将軍の側室候補の御中臈となって御子を授かるべし——。

左様に命じたのが、他ならぬ清茂だ。

双子の姉妹は着衣を脱ぎ、腰巻《こしまき》に至るまで取り換えた。

裸身になっても、見分けは付かない。

目鼻立ちのみならず、体つきも同じなのだ。

これでは将軍にも見分けはつかず、閨《ねや》を共にしても判別するのは難しいであろう。

二人のお美代は着替えを終えた。

「姉さま、上手くやってくださいましね」

声を潜めて告げたのは、床に就いていたお美代。今は忍び装束を身に纏い、寝間着姿になった姉と向き合っていた。

「御部屋を頂戴して入れ替わりやすくなったのはいいけれど、御子種を頂戴しないと埒が明かないでしょ」

「……言われなくても分かっているわよ」

「ほんとに？」

しばしの間をおいて答えた姉に、妹は疑わしげな視線を向けた。

細めた目が、にっと歪んだ。

「…………」

「まさか上様が御気を失われるほどよがらせ奉った床上手が生娘《きむすめ》だなんて、誰も思っちゃいないでしょうねぇ」

無言で見返す姉に語りかけ、妹は微笑んだ。

何と邪悪な笑みなのか。

艶やかな笑顔の裏から、どす黒い澱《よど》みが滲み出る。

「二度目は手練手管《てれんてくだ》なんかでごまかさないで、きっちり御子種を頂戴してね」

嫉妬を帯びた苦言を残し、妹は踵を返した。

とんと畳を蹴って跳び、忍び装束を纏った肢体を躍らせる。

天井裏に入り込み、去りゆく動きは敏捷そのもの。

くノ一としての力量も同等なのだ。

この姉妹の美貌は、実の父親である日啓譲り。

下総国《しもうさのくに》の智泉院《ちせんいん》という寺の住職を務めている、日蓮宗《にちれんしゅう》の僧侶だ。

そして忍びの稀なる才を与えた母親は、御公儀御庭番衆と繋がる紀州《きしゅう》忍群において手練《てだれ》の男たちをも凌ぐ、凄腕で知られたくノ一だった。

波乱の幕開け

一

中野播磨守清茂は寝酒の杯を傾けていた。

お相伴《しょうばん》に与っていたのは双子の姉と入れ替わり、千代田の御城から戻った妹。

姉妹の汗が染みた忍び装束を脱ぎ捨てて、ひと風呂浴びてきたばかりであった。

「綾女《あやめ》は何ぞ申しておったか、桔梗《ききょう》」

「常の如く、でしたよ」

清茂に問われて答える妹は微醺《びくん》を帯び、湯上がりの肌を火照《ほて》らせていた。

「次の折には必ず……か」

つぶやく清茂に未だ酔いの色はない。

「その折が来てくれないと話にならないんですけどねぇ。あの馬鹿姉がふざけたことをしちまったせいで、あたしはずっとお預け喰らったままなんですよう」

「いま少しの辛抱ぞ」

子どもじみた口調でぼやくのに、清茂は静かな面持ちで説き聞かせる。

「こたびの顔見世で黒白《こくびゃく》をつけてやる故」

「よしなにお頼み申しますよう、お殿様」

甘えた声で清茂に告げる双子の妹の名は桔梗。

入れ替わりに大奥に留まった姉の名前は綾女という。

妻帯するも実子のいない清茂が双子の姉妹を養女に迎え、まずは姉の綾女を大奥へ奉公に上がらせたのは、五年前、文化三年（一八〇六）の弥生であった。

初めて就いた御役目は御次《おつぎ》。

庶務として地味な御用を務める一方、たまさかに催される宴の席では歌舞音曲《かぶおんぎょく》などの遊芸を御台所《みだいどころ》に披露する。大奥で催される宴の主賓は御台所だが、将軍が同席することも多いとあって、目に留まる機会は多い。

武家の出ではない綾女と桔梗にとって、御次はお誂え向きの御役目だった。

清茂の養女とはいえ幼くして中野家に引き取られたわけではなく、旗本の娘として教育を受けてきたわけでもなかった。

将軍の御手付きとなるべく大奥へ奉公に上がる競争相手は数多く、そのほとんどは旗本の娘である。容姿は綾女と桔梗の圧勝でも、歳月をかけて学ばなければ身に付かない知性と教養の差は、容易には埋め難い。

しかし、御次ならば形勢を覆せる。

綾女と桔梗は、いずれ劣らぬ忍びの手練であるからだ。

歌舞音曲などの遊芸も正式には学んでいないものの、七方出と称する忍びの変装術は身に付いている。

顔形ばかりか立ち居振る舞いまで別人になりきる忍びの研ぎ澄まされた勘、そして体の捌きを活かせば、見よう見まねでも絵になるものだ。御座敷芸として綱渡りや宙返りをやってのけるのも、持ち前の身の軽さを以てすれば容易い。手練の双子姉妹が披露する技に家斉は舌を巻き、その艶やかさにも魅了されていた。

早々に御中臈に昇格し、御手が付くに相違ない――。

そんな清茂の期待に反し、御次としての大奥勤めは四年にも及んだ。

元凶は一人の御年寄。

家斉から幾ら所望されても理由をつけ、夜伽《よとぎ》どころか話もさせずにいる。

「ふざけた狸《たぬき》ばばあですよ」

桔梗が苛立たしげにつぶやいた。

「これ、口を慎まぬか」

「どうして当のあたしがやる気十分なのに上様から遠ざけるのかって、いくら訊いても、のらりくらりと言い逃れるばっかりで、ほんとに腸が煮えくり返っちまいますよ」

要らざる干渉は、ようやく御中臈となった後も続いていた。

清茂の目的を阻む御年寄の名は帚木という。

頭角を現したのは一橋《ひとつばし》徳川家で家斉の乳母を務め、十一代将軍として擁立する計画にも関与した御年寄の大崎《おおさき》が時の老中首座だった松平越中守定信と対立し、失脚させられた後のこと。

帚木が務める御年寄は幕閣ならば老中に相当する、大奥の最高権力者だ。

かつて絶大な権勢を誇った大崎が失脚の憂き目を見たのは、大奥の内政に干渉する定信に激昂《げきこう》し、口論の末に「ご同役」と呼んだことがきっかけだったという。

帚木が同じ轍《てつ》を踏み、大奥からいなくなってくれれば清茂も手間が省けるが、帚木が失言に及ぶ様子は一向になく、幕閣のお歴々に難癖をつけることもない。

当年三十九の帚木は御台所の近衛寔子《このえただこ》と同い年。

家斉と寔子は同年の夫婦なので、帚木は将軍とも同い年ということになる。

故に遠慮がないというわけではあるまいが、家斉からお美代の方の夜伽をいま一度と所望されても受け付けず、拒み通す気丈さは並ではない。

そんな女傑も、江戸三座の歌舞伎に限っては相好《そうごう》を崩す。

にもかかわらず今年に入って見物に出かけたのは正月の初春《はつはる》狂言のみで、久しく足が遠のいているのは芝居に夢中の隙を衝かれ、将軍から拝領した笄《こうがい》を掏摸に抜き取られてしまった責を自主的に取ったが故と思われた。

こたびの顔見世も自粛するかと思いきや、ついに禁を解くらしい。

「お殿様。帚木は顔見世の初日には来ませんよ」

桔梗が酒器を向けながら告げてくる。

「まことか」

「二日目に外出に及ぶ御許しを、すでに頂戴しているそうです」

「いずれにしても参るわけだな」

「大した芝居好きですからねぇ」

「江島《えじま》に所縁《ゆかり》の家中の出だけのことはあるの」

「父親は信濃高遠《しなのたかとお》三万三千石の城代家老だそうですよ」

「左様じゃ。伝手《つて》を頼りて江戸に下り、旗本を仮親に立ててのことぞ。大奥に大名の娘が出入りは御法度なれど陪臣《ばいしん》ならば障りがない故、御奉公が叶うたのだろうよ」

「酔狂《すいきょう》なことですねぇ……あたしみたいに御世継ぎ狙いってわけでもないのに」

「しかとは分からぬが、彼の地に流されし江島にかぶれてのことやもしれぬ」

「七十年《しちじゅう》がとこ前に死んじまったのに、ですか？」

「それほどの時が経たば、半ば伝説になっておっても不思議ではあるまい」

「あの狸ばばあ、何を考えているんでしょうねぇ」

桔梗は首を傾《かし》げて言った。

湯上がりの火照りは鎮まり、肌がしっとりとなっていた。

「今宵はもう休むがよい」

「お殿様は？」

「今の話で良き仕掛けを思いついた。急ぎしたためておきたい」

「まぁ」

「肥後守《ひごのかみ》に集めさせし御庭番衆は及び腰で役には立たぬ故、おぬしの手を借りることになるやもしれぬ」

「ばばあの鼻を明かすお手伝いなら喜んでお引き受けします」

「その時はしかと頼むぞ」

「お任せくださいな。それじゃ、お休みなさいまし」

「大儀であった」

二

大奥では綾女が眠れぬ夜を過ごしていた。

斯様な折に思い出すのは夜伽の顛末。

お美代の方は文化七年（一八一〇）に御手が付いたことになっている。

綾女が扮した時のことである。

しかし、実のところは生娘だ。

翌日早々に診察を行った奥医師も、破瓜《はか》には至っていないと認めた。

それを否定したのが、当夜の寝所に立ち会った夜伽番。

家斉が幾度も精を放ち、挙げ句の果てに気を失ったと証言したのだ。

相手も無しに陥る状態ではあるまいと言う夜伽番、そして家斉自身が証言したことにより、お美代の方は御手付き中臈となるに至ったのだ。

亡き母から忍びの術と共に伝授された房中術《ぼうちゅうじゅつ》の為せる業《わざ》とは今更明かせない。

思い出すだけで恥ずかしい。

女としてのみならず、術者としての未熟も恥じずにはいられない。

綾女は加減というものを知らなかった。いま少しで御子種を涸《か》れさせ、腎虚《じんきょ》にしてしまうところであった。

家斉は初鉢《あらばち》を割ったと堅く信じており、二度目の夜伽を所望して止まずにいるとのことだが、帚木は一向に受け付けようとせずにいる。

このままでは清茂の望みを叶えるのは無理だ。

面目ないことである。

しかし、同時に疑念も尽きない。

小納戸頭取に任じられた旗本の中で、清茂の家禄は目立って低い。

文化八年の同役四名が七百石から九百五十石という、一千石の御大身に迫る高禄をもとより食《は》んでいた家々であるのに対し、中野家はわずか三百俵。石取りとは違って自前の領地を持たない蔵米取りで、旗本としての格も低い。

御役目に伴う役高の千五百石は、現役を退《しりぞ》くと同時に打ち切られる。

世襲の御役目であれば子を得ることに執着するのも分かるが、小納戸頭取は名目上の後継ぎを用意すれば事足りる御役目ではない。

そもそも何故、将軍の御子種に固執するのか。

清茂は綾女に理由を明かさない。

桔梗も知っているとは考え難い。

忍びの技の冴えは綾女と互角だが、心法《しんぽう》の錬度《れんど》が低い。

感情の起伏が激しく、本音が面《おもて》に出てしまう。

清茂から訊き出した真意が何であれ、黙ってもいられまい——。

三

若様の朝は早い。

今日も表が暗い内から起き出して布団を畳み、着替えを済ませた。

江戸に居着いてからの眠りは、いつも深い。かつて用いた覚えのない、布団の心地よさもあってのことだ。何が不満で煎餅布団と呼ばれるのか理解し難いほどの柔らかさは若様が生まれて初めて経験したものだった。

今朝も感謝を込めて布団を片付け、足音を忍ばせて玄関へ向かう。

縁側の雨戸を開くのは、皆が起床してからだ。

井戸から汲み上げた水を桶に注ぎ、口をゆすいで顔を洗う。

潤沢《じゅんたく》に水が使えるというのも、最初は信じ難い話であった。

過去の暮らしを含めた来し方を忘れていても、感覚で分かることはある。

若様が顔を洗う際、手のひらに掬《すく》う水の量は極めて少ない。

口をゆすぐのも一度きり、ごく少量で丹念かつ速やかに行う。汲み上げた際に釣瓶《つるべ》に入った水が多すぎれば井戸に戻し、桶の底に残った分は庭木に遣る。

洗顔とうがいを終えた若様は、勝手口から中に入った。

土間から台所に上がり、米櫃《こめびつ》の蓋を開ける。

精米済みの白米を枡《ます》で量り、甕に汲み置きの水で研《と》ぐ。

研ぎ上げた米を羽釜《はがま》に仕込んだ若様は、剃刀《かみそり》を手にして井戸端に戻った。

まずは髭を軽く当たり、額の生え際から頭頂に、後頭部から首筋と順を追って剃り上げる手際の良さは、節水ぶりと同様に体で覚えていたことだ。剃り残しがちな耳の周りにも忘れずに、危なげのない手付きで薄く鋭利な刃を当てていく。

一日の間に伸びた毛を余さず落とし、形の良い坊主頭に剃り上がるのを待っていたかのように、東の空に赤みが差してきた。
井戸端から離れた若様は、日の出前の空を仰ぐ。
剃刀は畳んだ手ぬぐいの間に挟み、懐に忍ばせていた。
しらじらと明け染める空の下に立ち、若様は深く静かに息を吸う。
夜明けの澄んだ空気を丹田に落とし込み、吐き出すことを繰り返す。
心気を調える若様は、両の手を体側に下ろした自然体。
前に向けた眼差しは遠い山を望むが如く、広い視野を確保している。
若様の心気が調った。
「ハッ！」
鋭い気合いに黎明《れいめい》の静けさが弾け飛ぶ。
繰り出す拳が唸りを上げる。
空《くう》を切るのは回し蹴り。
唐土渡りの拳法だ。
流れるような連打連撃は、早瀬の如く澱みがない。
装いは昨日と同じ筒袖に野袴だ。
体に馴染んだ木綿の生地は、力強くも機敏な動きを妨げることもなかった。

若様はおもむろに動きを止めた。

静けさが戻った中、無言で残心《ざんしん》を示す。

「ハッ！」

裂帛《れっぱく》の気合いと共に放つ拳が、静寂を再び撃ち破る。

記憶を失っていながらも技を繰り出すことができるのは、これまでに積んだ修行の成果に他ならない。

若様が江戸に居着いて、もうすぐ一年。

敵に対する一連の技の形《かた》を繰り返すことによって体の捌きを錬《ね》り、一打一撃の錬度を高める朝の稽古は、四季を通じて変わらぬ日課となっていた。

四

稽古を終えると、すでに雨戸が開いていた。

「おはよう、若さま！」

「おはよー！」

縁側に上がった若様を目敏く見つけたのは、二人の幼子。

とてとてと廊下を駆けてくる幼子たちの名前は太郎吉《たろきち》におみよ。去る卯月に江戸で猖獗《しょうけつ》を極めた流行《はや》り風邪で両親を亡くして路頭に迷い、悪事に巻き込まれかけたのを若様に救われた、三人きょうだいの次男と長女である。

「おはようございます」

じゃれついてくる二人と目の高さを合わせて、若様は挨拶を返した。

「新太《しんた》さんは台所ですか」

「うん！」

元気いっぱいの太郎吉は今年で七つ。

黒々と伸ばした髪を頭の後ろで結び、馬の尻尾のようにしている。元服《げんぷく》して髷を結う時に備え、必要な長さの髪を蓄えているのだ。

「それでは、私たちも手伝いましょう」

「はーい」

おみよが愛らしい声で答えた。

当年五つになるおみよは、太郎吉より二つ下。

おかっぱ頭の頂《いただき》をちょこんと結んだ様が微笑ましい髪型は、男女の別なく丸坊主で過ごした時期を過ぎ、伸ばし始めた頃の髪型だ。

幼子たちに手を引かれて若様が向かった台所では、二人の若い男が炊事に勤しんでいる最中だった。袴を常着とし、屋内でも脇差を帯びているので士分と分かる。

「よぉ若様、ご苦労さん」

竈に掛けた鍋で湯を沸かす沢井俊平は、精悍《せいかん》な面構え。

がっちりした体に墨染めの着物と袴を纏い、えらの張った顎には無精髭が目立つ。浪人さながらに月代の毛を伸ばした様もむさ苦しいが、若様が朝稽古をしている間に洗顔を済ませたらしく、脂《あぶら》じみてはいなかった。

竈では若様が米を研ぎ、仕込んだ羽釜も湯気を立てていた。

米に水が程よく浸みた頃合いで火を熾《おこ》したのは平田健作だ。

あらかじめ若様と役目を分担してのことである。

「いま少しで炊き上がるぞ、若様」

焚き口の前で火加減を見ていた健作は、甘い二枚目。

髭はもとより月代もきちんと剃って端整な顔を際立たせ、古びていながら手入れの行き届いた青地の着物と袴を爽やかに着こなしている。脇差の鞘が藤蔓《ふじづる》を巻いた上から漆で固めてあるのは、傷隠しと補強を兼ねてのことだ。

若様と同じく鎮衛の目に適い、南町奉行所の番外同心に加わった俊平と健作は共に当年二十六。貧乏御家人が多く暮らす本所南割下水《ほんじょみなみわりげすい》の部屋住みで、無役も同然の家を少年の頃から当てにすることなく喧嘩を重ね、今や本所と深川で幅を利かせる地回り連中も恐れる存在となっていた。

台所の板敷きでは一人の少年が鰹節《かつおぶし》を削っていた。

三人きょうだいの長男の新太である。

年が明ければ十五になる新太は、口数こそ少ないが働き者だ。

急かされる前に削り終えた鰹節を、鍋で沸騰した湯に投じる。

後を俊平に任せて手に取ったのは、買い置きの葱《ねぎ》。

井戸端で泥を落としてきたのを青い部分と白い部分に切り分け、まな板の上で更に細かく刻んでいく。

少年がまめまめしく働く様を、俊平と健作は竈の前から見守っていた。

「根深汁《ねぶかじる》は気前よくザク切りにしたほうが美味えんだけどなぁ」

「止めておけ。さすれば太郎吉とおみよが舌を焼いてしまうぞ」

「ああ、葱鉄砲かい」

「おぬしにも覚えがあるだろう」

「初めて喰らった時ぁ面食らったぜ」

「兵原草蘆《へいげんそうろ》にとぐろを巻きおる蛮賊《ばんぞく》どもならば気遣い無用なのだがな」

「平山《ひらやま》先生からして胃の腑に歯が生えていなさるみてぇなお人だからなあ」

「あの黒米《くろごめ》握りは流石に厳しいぞ……」

苦笑交じりにつぶやく二人は、その名を本所と深川で知られた身だ。新太ぐらいの年から破落戸《ごろつき》に喧嘩を売って歩き、長じた後は道場破りで荒稼ぎを重ねてきた。本所界隈の地回りは貧乏御家人を侮り、往来で難癖をつけて有り金を脅し取ることを常習としているが、俊平と健作には決して近付かない。

その二人が師と仰ぎ、教えを乞うているのが平山行蔵《こうぞう》だ。

代々の伊賀《いが》組同心として拝領した屋敷を道場に用い、これを兵原草蘆と称して門人を集め、常在戦場を座右の銘とする激烈な修行の日々を送っている。

奇傑《きけつ》と呼ばれる師匠と内弟子の面々に比べれば、俊平と健作は大人しい。

飯を炊き、味噌汁を作ることに慣れたのは、未だ独り身の行蔵が放っておけば黒米と呼ばれる玄米と酒しか口にしないが故だという。

「あれじゃ早死にしちまうぜ。せめて豆腐ぐれぇは毎日食ってもらわにゃなるめぇ」

「酒には油揚げを焼いたのが合うだろう」

「醬油《したじ》でつけ焼きにするのも乙だよなぁ」

そんな話をしているところに、食欲をそそる匂いが漂ってきた。

新太が七輪で黙々と油揚げを炙っている。

人数分を取り分けて醬油をかけ、細かく刻んだ葱を載せる。味噌汁の実にした残りを取っておいたのだ。

「いいにおい！」

「おいしそうだねぇ」

おみよに続いて太郎吉も、嬉々として新太に寄ってくる。

「こいつぁ朝からご馳走だな」

「うむ……」

笑顔でつぶやく俊平と健作の傍らで、若様も明るく微笑んでいた。

五

「そういや若様、まだ礼を言ってなかったな」

朝餉の後に洗い物をしている最中、俊平が語りかけてきた。

「昨日は結構な土産をありがとよ。ここんとこ物入り続きで、刷り物も気軽にゃ買えねぇ有様だったんでな」
「やはり十俵では足りませんか、沢井さん」
若様は心配そうに問いかけた。
「有《あ》り体《てい》に言や、ちょいと厳しいんだよ。調べを手伝わせてる割下水の悪がきどもも
ただ働きってわけにゃいかねぇしな」
言い難そうに答える俊平の傍らでは、健作が無言で羽釜を磨いている。
番外同心の俸禄は、同心一人の年俸である三十俵二人扶持を、俊平と健作を含めた
三人で十俵ずつ分け合っていた。
残る二人扶持も当初は分けていたが、今は子どもたちの食い扶持だ。
「あの子らが育つほど、物入りになって参るぞ」
「……いま少し稼がなくてはなりませんね」
南町奉行を陰で支える番外同心は、もとより正規の役人ではない。
町奉行所に勤める同心の全員が属する一番組から五番組のいずれにも関わりのない
文字どおりの番外だ。
にもかかわらず若様たちが八丁堀で暮らせるのは、南の名奉行の根岸肥前守鎮衛の
計らいである。

御役目替えで南町奉行所を離れた同心から返上され、空き家となった屋敷に無料で住まわせてくれたのだ。配下の与力と同心の俸禄に加えて組屋敷も御公儀から拝領した全戸を管理する、町奉行の権限を密かに行使してのことだった。

「お奉行のこったから頼めば自腹も切ってくださるだろうが、それに見合った働きが俺たちにできるかどうか、だな」

「さもなくば、この屋敷で間貸しを始めることだ」

「間貸し、ですか？」

「手前の二間を空けて貸し出さば、まとまった額が得られようぞ」

「そうか、その手があったぜ！」

健作の提案にすぐさま俊平が乗ってきた。

八丁堀は暮らしやすい環境が整った地でもある。

東西南北の四方を運河が巡り、五街道の起点となる日本橋にも程近い。

日本橋の界隈は華のお江戸で一番の商業地だ。物が良ければ値段も結構な大店が軒を連ねる一方、手頃な値《あたい》で買い物を楽しめる小店もある。橋の北詰では魚河岸が活況を呈して止まない。

八丁堀での暮らしをとりわけ熱心に望むのは、学者や医者だ。

安全な地に職住一体の住まいを求め、賃料が割高でも元が取れると見なして文句を言わぬとあって、大家となる与力や同心にとっても都合が良い。

「この屋敷は表向きは銚子屋が借り上げたことになっておる故、店賃は門左衛門殿に集めてもらわねばなるまいが……」

健作の口調は重かった。

「やっぱり話を通さにゃならねぇか……」

俊平も先程までとは一転して口ごもる。

二人の言わんとすることは分かっていた。

若様たちが手元不如意と知るに及べば、銚子屋の父娘は力添えを惜しむまい。

正しく言えば若様のために、金策を含めて力になろうとするだろう。

それはあり難いと同時に、若様の負担が増す話であった。

「なぁ、若様」

俊平が声を潜めて問いかけた。

「お前さん、まだ決めかねているんだろ？」

「沢井さん……」

「お陽のことだけ言ってるわけじぇねぇぜ。そうだろ平田」

「左様。おぬしに懸想《けそう》しておるおなごは、他にも一人ならず居《お》る故な」

話を振られた健作が小声で言った。

「そこんとこをはっきりさせねぇで、間貸しのことを銚子屋に相談するわけにはいくめぇよ」

「ここは思案のしどころだぞ、若様」

「……心得ました」

いつになく真摯《しんし》な面持ちになった二人を見返し、若様は頷いた。

六

神無月の末に至って寒さが増した華のお江戸も、午前の内は過ごしやすい。

晴れた日の夜明けから二刻《ふたとき》（約四時間）ほど続く日差しの強さは頼もしく、洗濯物の乾きも良好だ。

「今日も晴れてくれたねぇ。ありがた難い、あり難い」

八森家の井戸端では、洗濯を終えたお徳《とく》が腰を伸ばしていた。

男やもめの十蔵に雇われた通いの飯炊きで、炊事に加えて掃除や水仕事も手間暇を惜しまずにこなしてくれる、気のいい五十女の後家さんだ。

せっせと洗濯物を乾していると、十蔵が玄関に姿を見せた。

右手に提げていた刀を帯び、黒紋付の襟を正して雪駄《せった》を履く。

八森の家付き娘だった妻女の七重《ななえ》に先立たれて、早くも十年。独りで身支度をするのも慣れて久しい。

木戸門を潜って出ていく前に庭を覗き、お徳に一声かけていくのも忘れない。

「行ってくるぜぇ、ばさま」

「徳ですよう」

常の如く年寄り扱いに憤慨するお徳の抗議を聞き流し、十蔵は組屋敷を後にした。

表の通りに出たところに、壮平が来合わせた。

「よお、壮さん」

「うむ」

言葉少なに挨拶を交わした二人は、肩を並べて歩き出す。

町中では通行の妨げになる並び歩きも、組屋敷が建ち並ぶ八丁堀の拝領地では遠慮をするには及ばない。まだ朝湯に浸かっている頃合いの与力はもとより同心も出仕に及ぶには早い時間とあれば、尚のことだ。

廻方の束ね役を兼ねる立場の十蔵と壮平は定廻と臨時廻より先に出仕し、同心部屋に詰めるのが毎朝の習いである。

廻方の若い面々に範を示すのみならず、正道が登城する前に役宅へ足を運んで指示を受け、報告すべき点については速やかに耳に入れる一方、懸案の進捗が滞らぬように気を配る。

江戸三座の顔見世を前にして出回る役者新付の検閲も懸案の一つであったが、例年どおりの売り出しに間に合って一安心。後は初日の幕が開くのを待つばかりだ。

「いよいよだなぁ、壮さん」

「気を引き締めて参ろうぞ」

「毎日がっつり食ってしっかり寝て、力を貯えておかねぇとな」

「年寄りに過食は禁物ぞ、八森」

「分かってらぁな。景気づけに言ってみただけさね」

「ならば良い。我らが倒れてしもうては代わりが居らぬ故」

「ったく因果な御役目だぜ」

「まことだの」

「そう言いながらも手を抜けねぇのが、お互《たげ》えに困った性分だよな」

「是非も無きことを申すでない」

十蔵のぼやきを律義に受け止めながら、壮平は足並みを揃えて進みゆく。

華のお江戸は今朝も日本晴れ。

澄みきった空の下、今日も気の抜けない務めが始まる——。

七

当代の人気役者が一堂に会する江戸三座の顔見世興行は、江戸の女たちの垂涎《すいぜん》の的《まと》である。

女の園の最たる大奥も、例外ではない。

宿下がりにかこつけて、見物に繰り出す者が後を絶たぬのは毎年のことだ。

されど、外出の許しを得るのは容易なことではなかった。

大奥奉公は出世を遂げるほど、自由が失われるのが定めである。

側室候補の御中臈となり、ひとたび将軍の夜伽をして懐妊《かいにん》すれば親兄弟はもとより親類縁者まで出世が望めるものの、当の御手付き中臈は終生に亘って籠の鳥。将軍が死した後は孤閨《こけい》を保って菩提を弔う。

その点、気楽なのは下っ端の者たちだ。

大奥の大半を占めるのは上位の奥女中が私的に抱える部屋方。

通常は年に一度、春のみとされた宿下がりを部屋方は秋にも許されるため、里帰りを口実にした芝居見物も容易い。

正規の奥女中、特に御目見以上ともなれば外出の制限が厳しく、将軍の御手付きとなるに至っては親許に帰ることさえままならないのと比べれば、遥かに自由な立場である。

初日に外出を許された者を羨んで、奥女中たちは気もそぞろ。

そこに活を入れるのが御年寄の帚木だ。

折しも帚木は用部屋を後にして、廊下を渡りゆくところであった。

「あ！」

「きゃ」

その姿を目にするや、奥女中たちの顔色が変わった。

御用をそっちのけにして、役者談議に花を咲かせているどころではなかった。

慌てて持ち場に戻りゆくのを尻目に、帚木は悠然と廊下を渡る。

堂に入ったしぐさで打掛《うちかけ》の裾を捌く指は太い。

身の丈はやや小柄。
それでいて肉付きはふくよかだった。
顔は丸く、黒目がちの垂れ目である。
地黒の上に、産毛を剃った跡がやけに濃い。
有り体に言えば、信楽焼《しがらきやき》の狸にそっくりだ。
笑顔であれば可愛らしいとも言えようが表情は険しく。視線も鋭い。
千代田の御城のその奥の女の園の番狸《ばんだぬき》——。
十九の年から御奉公に上がって今年で二十年。
大奥に根付いて久しい戯《ざ》れ唄を、当人を前にして口ずさんだ者は未だいない。

八

清茂は中奥の御側衆《おそばしゅう》詰所に足を運んでいた。
訪ねる相手は、御側御用取次の林《はやし》肥後守忠英《ただふさ》。
将軍の一の側近の忠英は、小納戸頭取を務める清茂にとっては上役。
表向きは左様な間柄だが、裏に廻れば肝胆相照《かんたんあいて》らす仲だった。

「おお、待っておったぞ播磨守」

「右に同じぞ。御用繁多のようだの」

清茂を笑顔で迎えた忠英と席を同じくしているのは、若年寄の水野出羽守忠成《みずのでわのかみただあきら》。

この三人は家斉が一橋徳川家の若君だった頃にも側近くに仕えた身。

今は若年寄として老中の下で御政道に関わる忠成も、若い頃は家斉が御気に入りの御側仕えであった。

「して播磨守、絵図はもう描き上がったのか？」

清茂が腰を落ち着けるや、忠成は問いかけた。

「いま少し仕込みをする故、しばし待て」

常と変わらず冷静な清茂は、忠成が豪放磊落《ごうほうらいらく》にして気が短いのを知っている。

「仕込みとは何じゃ」

続いて問う忠英は、良くも悪くも細かい質だ。

「如何にして釣り上げるのが得策なのか、おぬしらの思案も聞かせよ」

こうして御側衆詰所に集うのが常である三人の目的は将軍の信任を得て幕府の実権を握り、自分たちが利を得るのに都合よく、天下の御政道を捻じ曲げること。双子の姉妹を大奥に送り込んだことの最たる目的も、この悪しき野望の実現だ。

清茂はもとより忠英と忠成も家斉の覚え目出度い身の上だが、先々の出世を確実とするには裏工作が欠かせない。

綾女か桔梗が家斉の子、願わくば男の子を産んでくれれば万々歳だが、双子の姉妹は未だ真の御手付きとなるには至っていない。

このままでは積年の苦労も水の泡だ。

邪魔な御年寄を大人しくさせるために、手を打たねばならない――。

「ふむ、帚木を虜にする役者か」

「あれで目は肥えておるとの由《よし》なれば、よくよく吟味すべきだの」

清茂の問いかけに最適の答えを出すべく、二人の悪友は考え始める。

「あの番狸は、たしか三津五郎を贔屓にしておったはずぞ」

「大和屋か……芸に秀でておっても女絡みで悪しき噂が多き男ぞ」

忠成の提案に忠英は難色を示した。

「されば加賀屋、歌右衛門はどうであろうな」

今度は忠英が提案した。

「鎬を削り合うておるのが実は相通じておった、という趣向はどうだ」

「それはあるまい。帚木ならずとも、左様な内幕など知りとうはあるまいぞ」

忠成の意見を清茂が一蹴《いっしゅう》した。

「されば播磨守、おぬしならば何とする」

忠成が気分を害しながらも問いかける。

「成田屋《なりたや》」

即答だった。

「團十郎《だんじゅうろう》だと⁉」

「七代目《しちだいめ》、か？」

「おぬしたちの言いたきことは分かっておる……したが、こたびはあやつが適役ぞ」

戸惑う二人に、清茂は確信を込めて言った。

九

霜月を迎え、江戸三座の顔見世興行が華々しく幕を開いた。

今年の顔見世で意外な注目を集めているのは、市村座の勝俵蔵《かつひょうぞう》。

この男は役者ではなく、作者である。

それも立《たて》作者と呼ばれる、一本立ちをした実力者だ。

俵蔵が新たに冠する名前は鶴屋南北《つるやなんぼく》。

元は道化役者の名跡で、俵蔵改め南北の義理の父親が三世である。

知る人ぞ知る一門の四世を名乗る運びとなった南北は『北町の爺様』の八森十蔵と付き合いが長く、和田壮平とも馴染んで久しい間柄だった。


「へっ、役者より目立つ作者がどこにいるんだい」

市村座の櫓を見上げて十蔵は苦笑した。

「四世鶴屋南北か……いよいよ筆がのってきそうだなぁ」

南北の襲名披露を派手に謳う幟を前にして、壮平も破顔一笑《はがんいっしょう》する。

「されば参るか、八森」

「あいよ」

細面を引き締めた壮平に促され、十蔵は歩き出す。

黒と茶色の黄八丈の裾をはためかせ、足を向ける先には中村座。

古馴染みの晴れの舞台は喜ばしいが、贔屓をしては役人が廃《すた》る。

「今年の顔見世も大入り満員だな」

「悪党は小入りと願いたいところだの」

「そうは問屋が卸さねぇのが、きついとこだぜ」

「詮無《せんな》きことを申すでない。我らはただ、為すべきことをやるのみぞ」

「そういうこったな」

声を潜めて交わす言葉は、もとより承知のことである。

「俺ぁ二階桟敷《さじき》からやっつけるぜ」

「されば私は一階だ。しかと頼むぞ」

「任せておきねぇ」

別人の如く姿を変えて、潜《ひそ》む悪を叩《たた》く得物は寸鉄《すんてつ》と万力鎖。

冷たくも晴れやかな冬空の下、文化八年の顔見世興行の幕が開いた。

七代目《しちだいめ》と番狸《ばんだぬき》

一

市村座は顔見世の初日から大入り満員だった。仕初《しぞめ》の翁渡《おきなわたし》に続いて繰り広げられる演目の数々に、満場の客は釘付けとなっている。

（毎年のこったが姦《かしま》しいねぇ……）

脂粉《しふん》の匂いが漂う二階座敷を見張りながら、十蔵は胸の内でつぶやいた。

舞台から見て正面に当たる、最も見晴らしの良い席だ。

手入れを終えてきた中村座と同様に、二階桟敷を占めているのは女の客。

武家と町家の割合は、ほぼ同じのようである。

着物の生地や髪型の違いで見分けるまでもなく、舞台に熱狂する顔さえ見れば自ずと分かることだ。

「成田屋！」

品の良さそうな中年の女人が興奮の余り、日頃は人目に触れさせることがないはずの歯茎《はぐき》を露《あら》わにしている。

眉は形を調えていても剃ってはおらず、丹念に磨き上げられた歯が白い。

顔見世の初日に合わせ、宿下がりをした奥女中である。

女人は嫁ぐと眉を剃り、子が生まれると歯に鉄漿《かね》を差す。酢に鉄片を浸した薬液で黒々と染めるのは外見で立場を示すのみならず、出産により嚙む力が衰えるのを防ぐ古来よりの習わしだが、武家の奥向きに奉公して独り身を通し、御役目に勤しむことが出世に繫がる身には無縁のことだ。

対する町家の女たちは、亭主と子どもを持つことによって立場が固まる。

「團十郎!!」

大口を開けて黒い歯を剝き出しにした、まだ若い女は大店の家付き娘だ。

もとより強い家付き娘の立場は出来の良い男を婿に取り、家業を安定させることで盤石《ばんじゃく》となる。後継ぎの男の子を産む務めも疎かにはできないものの、商才に秀でた婿さえ居《い》れば当面は安泰。朝から芝居見物に出かけても文句など言われまい。

「流石は五代目だねぇ、幾つになっても若いこと……」

「あれは七代目よ、ばばさま」

残り少ない歯に鉄漿を差し、眉を余さず剃り落とした老女は、名のある店に嫁いで苦労を重ねた末に、安楽な余生を得た隠居と察せられた。

大店の嫁は家付き娘と違って立場が弱く、子どもを授かれなければ離縁されて実家に追い返される。跡取り息子に恵まれても舅《しゅうと》と姑《しゅうとめ》が健在の内は能《よ》く仕え、奉公人に範を示すためにも率先して働くことを課せられる。

「ばばさま、どうぞ召し上がれ」

「すまないねぇ」

孫娘が黒文字《くろもじ》で切り分けた饅頭を、老女は笑顔で口に運んだ。甲斐甲斐しく世話をする孫娘の出来を見る限り、積年の苦労は報われたようである。

そんな微笑ましい光景も、人様の懐を狙う悪党の目にはお誂え向きのカモが葱を背負っているとしか映らぬものだ。

舞台正面の二階桟敷の後ろは立見《たちみ》の客席。大向《おおむこ》うと呼ばれる立見席は桟敷の客の頭越しではあるものの舞台を端から端まで見渡すことができるとあって、常連の男の客たちの定位置となっていた。

大向うに集う男たちは、もとより舞台しか眼中にない。見入る視線を遮《さえぎ》ることなく立ち回れば、掏摸や置き引きと気づかれることもなかった。

中年の置き引きが目を付けたのは、孫娘が膝の脇に置いた巾着袋《きんちゃくぶくろ》。

お供の奉公人を伴わずに一人で祖母に付き添ってきたのなら、自分で財布を持っていると判じたのだ。

「成田屋ぁ」

「團十郎っ」

大向うの男たちは、芝居の見せ場で的確に掛け声を発する。

節回しも独特の声に釣られて、孝行者の孫娘が舞台に目を向けた。

隙を衝いて伸ばした置き引きの指を、十蔵の大きな右手が摑んで止めた。

へし折らんばかりの剛力で引きずり戻し、居並ぶ立見客の後ろに連れて行く。

十蔵が左手で器用に捌いて嵌《は》めたのは、早手錠《はや》と呼ばれる捕具。後ろ手にされた両手の親指を拘束されては、熟練の置き引きも抵抗する余地は皆無だ。

一階に降りたところで待機していたのは北町奉行所の小者たち。お仕着せの法被《はっぴ》を脱いで素性を隠し、すし詰めの大向うの順番待ちを装っていた。

「ほい、一丁あがりだ」

「ご苦労様で……」

声を潜めて言葉を交わし、抵抗を封じた小悪党を引き渡す。

捕物出役で廻方の同心を補佐し、突棒《つくぼう》や刺股《さすまた》、袖搦《そでがらみ》といった長柄《ながえ》の捕具を振るって活躍する面々は日頃から捕物術の稽古を積んでいる。ひとたび身柄を受け取った咎人を取り逃がす恐れはなかった。

二

十蔵は急ぎ二階に取って返すと、更に三人を召し捕った。

一階を受け持つ壮平も後れを取らず、捕らえる端から待機の小者に引き渡す。

客席の数そのものは一階が多いものの、掏摸や置き引きの狙いが集中するのは二階桟敷だ。

江戸三座は御公儀に認められた証しとして、宮地芝居《みやちしばい》と呼ばれる非公認の一座では使用を禁じられた櫓と引き幕、そして二階建ての芝居小屋を構えている。

歌舞伎ならではの二階桟敷の木戸銭は、銀三十匁《もんめ》が相場である。

一階の平土間が百文――一文を後の世の二十円と換算して二千円になるのに対し、

銀三十匁は四万円。朝の幕開きから夕方の幕引きまで通しとはいえ、桁違《けたちが》いの金額だ。

その上に席の予約は界隈の芝居茶屋に幕間《まくあい》の食事と共に手配し、人気の高い興行は割り増しをされるため、相場の木戸銭《きどせん》の倍近い出費を要する。

おいそれとは手を出せない特等席を当たり前のように占める女たちは、幕引きの後に芝居茶屋で一席を設けて贔屓の役者を呼ぶために、心づけとして多額の現金を持参している。目敏い掏摸や置き引きが狙ってくるのも当然だ。

早手錠で抵抗を封じられた小悪党どもは最寄りの自身番に身柄を預け、一杯になる前に手の空いた廻方の同心が駆け付けて縄を打つ。後は小伝馬町の牢屋敷に連行して入牢させ、取り調べを経て裁きを下すこととなる。

小者と同心は交代しながらのことだが、十蔵と壮平は小休止する暇もない。市村座が一段落すれば中村座に赴き、ひと狩り終えたらまた戻る。

同じ芝居町でも森田座が在る木挽町は離れており、並行して目を配るわけにはいかないため事前に狙われやすい席を見極め、芝居小屋の者たちに注意済みだった。

十蔵と壮平が一息つけたのは幕間となり、桟敷の客が中食《ちゅうじき》の用意された芝居茶屋に移動した後のことであった。

芝居茶屋には小者たちが張り込んで、置き引きが茶屋の奉公人を装って入り込まぬように目を光らせているので大事あるまいが、一階の桝席《ますせき》と平土間で弁当を使う客を狙ってくる輩を放ってはおけない。

二人が持参の中食は、竹皮に包んだ握り飯と香の物。のんびり箸をつけている暇も惜しまれるため、かねてより一座に接待の膳を所望することはなかった。

「旦那がた、せめて一服《いっぷく》ぐれぇはなすってくだせぇ」

続く張り込みのために身なりを変え、握り飯を口にしていた二人に黒子の姿をした男が茶を運んできた。

「その声は俵蔵……いや、南北先生かい？」

「へへっ、先生は止《よ》しておくんなさい」

頭巾の垂れを上げた男は、やぶにらみの強面を十蔵に向けて微笑んだ。

顔見世初日の霜月朔日付けで四世鶴屋南北を襲名した、当年取って五十七の歌舞伎作者は昨日まで勝俵蔵と称した身。北町奉行所の同心の家に婿入りする以前の二人のことも知っている昔馴染みの一人であった。

「すまねぇな。ちょうど中村座へ行ってたもんで聞きそびれちまったよ」

「私もだ、相すまぬ」

十蔵と壮平が口々に詫びたのは、襲名披露の口上のこと。

しかし当の俵蔵改め南北は、一向に気にしていなかった。

「滅相もねぇ、かえってお耳汚しにならなくて幸いでござんしたよ。ああいう真面目腐った身なりも口上も、あっしにゃ似合うもんじゃありやせん」

「そうだなぁ、たしかにお前さんにゃ、その形《なり》がしっくり来るぜ」

強面に苦笑いを浮かべて見せる南北に、十蔵はしみじみと告げた。

楽屋に設けられた南北の席に、一着の黒羽織が放り出されている。丸に大の字の黒紋付は襲名披露のために袖を通したものであった。

南北が黒子の衣装を着けているのは不自然なことではない。

歌舞伎作者が受け持つのは、台本を書くことだけではないからだ。

自ら書き上げた台本に沿って舞台を演出し、役者衆に直々に稽古を付ける。そして上演中は話の流れに合わせて拍子木を打ち、場を盛り上げる役目まで担っていた。

江戸の歌舞伎を支える裏方には、根っからの芝居好きが多い。

本名を勝次郎《かつじろう》という南北も、そんな江戸っ子の一人であった。

生家の海老屋《えびや》は日本橋の新乗物町《しんのりものちょう》に店を構える染物屋《そめものや》で、歌舞伎から江戸で流行りとなった色と模様を扱うのが常だった。

店は市村座と中村座の最寄りも最寄り、すぐ目の前が楽屋口。自ずと少年の頃から芝居に馴染み、歌舞伎作者の道に入ったのだ。十代で見習い作家となり、一本立ちしたのは四十代。遅咲きだったとも言われるが、筆を執りながら家業の手伝いも続けた南北は歌舞伎を地元の一住人として支える視点も持っていた。

二丁町から離れた木挽町の森田座と河原崎座も無下にせず、夏場で客足が遠のくのを防ぐために怪談を手がけて名を馳せる一方、出世作『天竺徳兵衛韓噺《てんじくとくべえいこくばなし》』で奇想天外な発想を台本のみならず舞台の仕掛けにも盛り込み、御禁制の伴天連《ばてれん》の妖術ではないのかと疑った町奉行所が乗り出す事態をわざと招いて広目にする等、多方面から客の目を惹く術を心得ている。

そんな南北の真骨頂は、幼い頃から人を笑わせるのを一番の喜びとしてきたこと。こたびの襲名披露でも、満を持した新作を手掛けている。

「馳走になったな。向後も励めよ」

「しっかりやんなよ、先生」

腰を上げた壮平に続き、十蔵も立ち上がった。

「恐れ入りやす」

二人を楽屋口まで送った南北は、勇んで舞台へ向かった。

こたびの興行で南北が手がけるのは、中村座から引き抜かれた初代澤村源之助《さわむらげんのすけ》が源　義朝《みなもとのよしとも》と平　清盛《たいらのきよもり》の二役に扮する『厳島雪官幣《いつくしまゆきのみてぐら》』。

源平の争乱を題材とする一番目が時代物、二番目が世話物という構成である。

南北が任されたのは、一番目の後半となる三つの幕だ。

舞台の仕掛けに凝るのが常の南北は、こたびも独自の工夫を盛り込んでいた。

清盛との戦いに義朝が敗れ去り、家臣の長田《おさだ》父子の裏切りにより最期を遂げた直後に幕を引き、場面を転換する返し幕で義朝もとい源之助に四代目澤村宗十郎《そうじゅうろう》を襲名させるという趣向である。

満場の客に源之助改め宗十郎を引き合わせる進行役は、芝居では長田太郎に扮していた五代目松本幸四郎《まつもとこうしろう》。

こうすれば宗十郎扮する義朝を斬り殺す悪役の芝居も、中村座からの移籍に伴う厄を払うための演出だったと客は思い込む。

新参者の源之助を持ち上げるだけではなく、古参の幸四郎の株も落とさぬための計らいだ。

　続いての世話物では宗十郎と共に中村座から移籍した四代目瀬川路考《せがわろこう》が義朝の側室の一人で義経《よしつね》の生母の常盤御前《ときわごぜん》に扮し、三津五郎が演じる大蔵卿《おおくらきょう》の一条長成《いちじょうながなり》と引っ越しの夫婦を演じる。

　二人が市村座に新たに加わったことを繰り返し、客に印象付けたのである。返し幕で場面を繋ぐところまでは南北の受け持ちのため、他の作者も口を出せない演出であった。

「流石は南北先生、お見事なこったぜ」

出番を終えて楽屋に戻った幸四郎が微笑むのをよそに、一人の役者が不機嫌そうに黙り込んでいた。

　市村座生え抜きの看板役者である市川團十郎だ。

　当代の團十郎は七代目。四つで初舞台を踏み、当年取って二十一。

　南北が筆を執った新作の『厳島雪官幣』には、悪源太《あくげんた》こと源義平《よしひら》という役どころで出演している。

　義朝の息子の一人で河内源氏の闘将だった義平は歌舞伎では悪源太と称され、隈取《くまどり》をした強面で荒事を演じる役である。

　荒事の本家ならではの配役だが、未だ若い團十郎は日頃から年上の役者衆に押され

気味。新参ながら人気者の宗十郎と路考まで加わっては尚のこと、焦りも募るという
ものだった。

三

かくして顔見世初日の興行を無事に終えた市村座の楽屋では、作者たちが役者衆に稽古を付けていた。

南北も襲名披露に浮かれることなく、台本を手にして険しい面持ち。

顔ぶれが揃うまで、片時も気を抜かない。

どの役者も贔屓筋が芝居茶屋に設けた一席に顔を出しても長居をせず、早々に切り上げて戻ってくる。

彼らのやる気に応えることこそ、芝居を書いた作者の務めだ。

当時の歌舞伎の台本は、役者の個性に合わせた当て書きが主だった。

熟練した作者の南北は器用に話をまとめる一方、役者衆のみならず自身の個性も抜かりなく盛り込むのが常である。

そんな南北の一番の個性は笑いを誘うこと。

得意とする怪談話にも、滑稽《こっけい》な芝居が必ず入る。

こたびの『厳島雪官幣』にも笑いを誘う場面が用意されており、名だたる役者衆は異を唱えることなく演じていたが、一人だけ動きが鈍い。

「どうした成田屋。本番に増して冴えていねぇぜ」

「…………」

「得心できねぇことがあるんなら言ってみな」

「……いいのかい」

「構いやしねぇよ」

「それじゃ言わせてもらうけど、この芝居におふざけは要らねぇだろ」

「何だと」

「俺じゃねぇやな。新顔さんにあんたが付けた芝居だよ」

團十郎が視線を向けた先には源之助。

源之助のみならず、南北も気色ばむ。

團十郎は構うことなく、二人に向かって言い放った。

「湯船から飛び出した義朝がバッサリやられる前に褌一丁で走り回るってのは、いくら芝居でも失礼ってもんだろ。くだらねぇ川柳《せんりゅう》じゃあるめぇに、真面目にやんなよ」

それは立作者と認められた南北に対する挑戦であり、侮辱であった。

江戸っ子が好んで詠む川柳には歴史上の人物を決まった型に当て嵌め、笑いを誘う技法が存在した。

平清盛は専ら好色漢《こうしょくかん》とされており、その清盛に敗れた末に入浴中に襲われて最期を遂げた義朝を取り上げて、

『きんたまをつかめつかめと長田下知《げち》』

と詠まれたのだ。

たしかに不謹慎ではある。

とはいえ凄惨な殺しの場を笑いに変えたのは見事と言うより他になく、義朝の抵抗に手を焼いた長田父子が湯殿を取り囲んだ家来たちに左様な命令を下していたとしても不自然ではない。主殺しの後ろめたさもあるが故、速やかに義朝の一命を断たんとしての生々しい焦りも感じさせる。

まさに恐怖と笑いを表裏一体とする、南北ならではの手法である。

しかし、それは若く一途《いちず》な團十郎には、受け入れ難いものだった。

「待ちねぇ、成田屋」

止めに入ったのは市村座の看板で、若い團十郎を日頃から支える幸四郎。

いずれ團十郎が一人前となった暁《あかつき》には、看板役者の座を明け渡すことを前提にしての献身であった。

されど團十郎は黙らない。

「いい格好しなさんな高麗屋《こうらいや》。お前さんだって、ほんとはそう思ってんだろ⁉」

不満をぶちまけるのを前にして幸四郎は黙り込み、他の役者たちは困惑する。

一度は気色ばんだ源之助も、おろおろしながら南北を見やる。

「……今日は帰んな、成田屋」

「そうさせてもらうぜ」

南北の言葉に即答し、團十郎は踵を返した。

四

夜更けの中野家の中庭に、若い男の一団が集まっていた。

「皆の者、自慢の腕を存分に振るうて見せよ」

「よろしいのでございまするか、播磨守様？」

戸惑いを隠せぬ様子で問いかけたのは、御公儀御庭番の家の三男坊。

他の面々も同じ境涯《きょうがい》の者たちだ。

八代将軍となった吉宗が紀州徳川家から諜報《ちょうほう》に秀でた藩士を抜擢し、伊賀者と甲賀者《こうがもの》に代わる将軍の耳目《じもく》として組織させた御庭番衆も、今や形骸化しつつあった。

かつて御庭番衆は一橋徳川家の若君にすぎなかった家斉を十一代将軍とするために、そして松前家《まつまえ》から蝦夷地《えぞち》を召し上げて幕府の直轄領とするために暗躍し、功をなした家の当主たちは出世を遂げた。しかし活躍の場が無くなれば自ずと出世の機も失せる。

家斉の将軍職就任と松前奉行所の設置が成立して以来、御庭番衆は覇気《はき》を失っていた。

家の当主である父や長兄が左様な有様では、後に控える息子たちは尚のこと先行きに希望を見出せない。

そこに清茂は目を付け、各家の末弟と末子から腕の立つ者を密かに選び出した。

御庭番の指揮を家斉から任された忠英の了承を得た上のことである。

未だ戸惑う一同の前に、忽然《こつぜん》と桔梗が現れた。

「この者が相手を致す」

「おなご一人で、にございまするか？」

「甘《あま》う見ては怪我をするぞ」

「ご冗談を……」

「おぬしらの祖父が代の御庭番衆を手こずらせし紀州忍群が一の手練、沙織《さおり》が一子と知っても侮りおるか」

「何と……」

「お殿様が仰せのとおりにございますよ」

絶句した一団に対して、桔梗は微笑む。

清茂を前にして浮かべる、可憐な笑顔ではない。

大奥で姉の綾女を嘲った時と同じ、邪悪な笑みであった。

男たちは無言で得物を手にした。

一瞬だけ滲ませた怒気を鎮め、殺気を発することもない。日頃から心がけ、鍛錬を積んでいなければ成し得ぬことだ。

刀が唸り、棒手裏剣《ぼうしゅりけん》が飛ぶ。

全ての攻めを桔梗は凌ぎ切った。

五

市村座の顔見世興行は、今日で二日目。

二階桟敷の女たちは声を上げない。

大向うに居並ぶ男たちも口を閉ざしている。

原因は團十郎の演技であった。

荒事の本家にして江戸歌舞伎の次代を担う七代目が、一体どうしたことなのか。

代々受け継ぐ荒事は問題ない。

なぜか新作の『厳島雪官幣』だけ、明らかにやる気がない。

南北は黒子頭巾の下で、歯がゆそうな顔をしながら拍子木を打ち鳴らす。

いつも軽快な拍子木の音が、今日は精彩《せいさい》を欠いていた。


團十郎の変調に全ての客が気づいたわけではない。

一階桟敷では、人吉藩《ひとよしはん》上屋敷の奥に勤める女中たちが無邪気に楽しんでいた。

次期藩主の相良頼重《さがらよりしげ》の計らいだ。

幕府は諸大名の謀反《むほん》を防ぐため、正室と世子に江戸で暮らすことを課す。九州南部の小大名である相良家も例外ではない。

当年十四になる頼重は現藩主の頼徳《よりのり》が侍女に生ませた庶長子《しょちょうし》であるが、正室の養子に迎えられて世子と決まり、芝大名小路《だいみょうこうじ》の上屋敷に住んでいる。

かねてよりの約束で家中を挙げての芝居見物、それも幕引きの後は役者の接待付きとあって、女中たちは嬉々としている。

二階より格安な一階の桟敷とはいえ、席が確保できたのは南町奉行の鎮衛が便宜《べんぎ》を図ってくれたが故のこと。

初日にこそ間に合わなかったものの、文句を言う女中は一人もいなかった。


清茂は朝一番で市村座に足を運んでいた。

非番に合わせ、あらかじめ席を用意させておいたのだ。

選んだ席は一階の桝席。

一階桟敷と平土間の中間の、高すぎず安すぎない席である。

もとより素顔を晒しはしない。

大小の二刀は帯びずに富裕な商家のあるじを装い、頭巾まで着けている。

連れは桔梗のみである。

誰もが振り返らずにはいられぬ、ぞくりとする色気を漂わせている。

壮平と共に平土間を見廻っていた十蔵も、思わず視線を向けていた。

「知り人か」

壮平が小声で十蔵に問う。

「ちょいと見た覚えがあるんでな」

「男か」

「いや、色っぽい方さね」

あれは過日に八丁堀で出会った茅場町芸者――実は密偵と判じた女ではないか。

一瞬そう感じたものの、どこか違う。

「……人違いだな」

ひとりごちた十蔵は、何事も無かったかのように背を向けた。


遠ざかる十蔵の姿を桔梗が見ていた。

「何としたのだ」

「いいえ、別に」

桔梗は何食わぬ顔で微笑んだ。

二階桟敷では帚木が待望の舞台を楽しんでいる。

「今に見ておれ……」

清茂は頭巾の下でつぶやいた。

この春にも清茂は腕利きの掏摸を手先に使って帚木の隙を衝き、家斉から拝領した笄を奪わせて失脚を企んだ。

しかし、家斉は清茂が予期した以上に甘かった。

帚木を咎め立てることなく、済ませてしまったのである。

そこでこたびは色事を仕掛けようと考えたのだ。

江島生島《いくしま》の一件の再現だ。

大奥では御褥御断《おしとねおことわり》と称し、三十を過ぎた奥女中は進んで夜伽を辞退するのが不文《ふぶん》律《りつ》。女盛りにもかかわらず房事《ぼうじ》から遠ざかることを強《し》いられる。

それでいて過去に一度でも御手が付けば野《や》に下って嫁ぐことを許されず、外出するのもままならずに大奥で一生奉公をしなければならないばかりか、将軍の没後は剃髪《ていはつ》して菩提を弔うことまで義務付けられる。男日照りの奥女中たちが参詣に訪れたのを悪僧が誘惑し、床の相手をする見返りに多額の寄進を受けた延命院《えんめいいん》の一件は、起きるべくして起きた事件だったと言えよう。

帚木はもとより色事とは縁遠い質である。

大奥へ御奉公に上がったのは御中臈を志願してのことではなく、そもそも家斉の御目に留まる容姿をしていない。

なればこそ御台所の寔子は安心し、信頼を寄せてもいる。

その信頼が無に帰せば、帚木の立場は無くなる。

それは清茂のみならず、家斉に取っても望ましいことだ。

帚木さえ大奥から追放されれば、お美代の方の夜伽を邪魔する者はいなくなる。

家斉も理由なく帚木を罰するわけにはいくまいが、不祥事を起こせば話は別だ。

奥女中に寛容な家斉も、色事までは許さない。

そこが清茂の狙い目であった。

六

幕が閉まる前に、清茂は市村座の楽屋を訪れた。

團十郎が戻ったのを見計らってのことだ。

「旦那？」

「しばらくだったね、七代目」

「ご無沙汰をしておりました」

気さくに話しかけた清茂に、團十郎は笑みを返す。

かねてより清茂は新規の贔屓筋を装って團十郎と親しく接し、気前よく祝儀《しゅうぎ》を弾むことを常としていたのだ。

「お前さん、幕が閉まった後に一献《いっこん》どうだね」

「旦那とさしでございやすか」

「上客の御女中なんだよ。お前さんの大の贔屓でね」

「そういうことなら、喜んでお相手させていただきやすよ」

「それは重畳《ちょうじょう》。よしなに頼むよ」

「こちらこそ、喜んで」

團十郎は相手の悪しき本性に気づかぬまま、芝居茶屋に呼び出された。

帚木を呼び出したのは桔梗だった。

「播磨守殿が？」

「御城中ではままならぬ故、この機に是非とも腹を割ってお話し申し上げたいとの由にございます」

「……そのほうは中野の家中かえ」

「お目汚しの傷持つ身にございますれば、ご容赦くださいまし」

「それはしたり。許せ」

顔を頭巾で隠した無礼を咎めることなく、帚木は独りで茶屋に赴いた。

清茂のお膳立ては完璧であった。

大店の家付き娘連中の派手な接待にうんざりの團十郎の目に美女とは言えぬが品の良い帚木は好もしく映り、真に芝居を愛する姿勢も喜ばしかった。

「ほほほ、祖父御《おおじご》によう似て参ったの」

「まことでござんすか？」

「まこと、まことじゃ」

團十郎との対話を楽しむ帚木は、舞台の変調に気づいていながらも問い質さない。

若い七代目の未熟さも、齢を重ねた身には可愛く思える。

万事はこれから、末は大器と見込めばこそだった。

帚木が江戸の歌舞伎に魅入られたのは、郷里の高遠藩に流されて生涯を終えた江島の遺志を受け継いだが故のこと。

幕閣の勢力争いに巻き込まれた江島は、もとより不義など働いてはいない。

帚木も芝居と役者を愛すれど、密通に及ぶつもりは微塵《みじん》も無かった。

木挽町大殺陣《こびきちょうおおだて》

一

釣瓶落としの秋にも増して早い冬の日はすでに沈み、霜月二日の夜空には細い若月《わかづき》が浮かんでいた。

芝居の幕が引かれても、二丁町の賑わいは未だ止まない。

舞台を堪能した後はすぐに家路を辿《たど》らず、余韻に浸りたくなるものだ。

特等席の桟敷を占めた客たちは、余韻の浸り方も豪気《ごうき》であった。

提灯を手にした若い衆に先導され、向かう先は幕間に中食を摂った芝居茶屋。

もとより暮らしに余裕がある上客は、楽しむための費えを惜しまない。

その求めに応じるのが芝居茶屋の商いだ。

席取りに始まって食事や茶菓の手配、そして幕引きの後は贔屓の役者を呼んで歓談するための席まで設ける。

一連の手間賃を全て勘定書きに付けても羽振りのいい客は文句を言わず、芝居茶屋は儲かるばかり。役者衆にとっても損はなく、芝居茶屋での接待は祝儀に与った上で分限者に後ろ盾を頼む場にもなっていた。

「どいつもこいつも、いい気なもんだね」

「全くだな」

杉本茂十郎は芝居茶屋の一室で、茂吉を相手に杯を傾けていた。

双子の兄であることを隠す茂吉ばかりか茂十郎まで頭巾で面体を覆い、口許だけを覗かせている。

当然ながら酒を呑むのも楽ではないが、もとより酔うほど口にするつもりはない。

この兄弟が二丁町に足を運んだのは、中野播磨守清茂の意を汲んでのこと。

大奥御年寄の権限で将軍の夜伽に干渉し、清茂が養女として送り込んだお美代の方が真に御手付きとなるのを阻む帚木を失脚させる、悪しき企みへの協力だ。

清茂が講じた策は帚木を七代目市川團十郎と二人きりにさせ、酒に仕込んだ薬で共に失神させた上で、密通に及んだとでっち上げること。

101-8405

書籍のご注文は84円
アンケートのみは63円
切手を貼ってください

東京都千代田区神田三崎町2-18-11

二見書房・時代小説係 行

ご住所 〒

TEL - - Eメール

フリガナ

お名前

（年令 才）

※誤送を防止するためアパート・マンション名は詳しくご記入ください。

23.5

愛読者アンケート

1 お買い上げタイトル
（　　　　　　　　　　　　　　　　　　　　　　　　　　　　　）

2 お買い求めの動機は？（複数回答可）
□ この著者のファンだった　□ 内容が面白そうだった
□ タイトルがよかった　□ 装丁（イラスト）がよかった
□ 広告を見た　（新聞、雑誌名：　　　　　　　　　）
□ 紹介記事を見た（新聞、雑誌名：　　　　　　　　　）
□ 書店の店頭で　（書店名：　　　　　　　　　　　）

3 ご職業
□ 会社員 □ 公務員 □ 学生 □ 主婦
□ 自由業 □ フリーター □ 無職 □ ご隠居
□ その他（　　　　　　　　　　　　　）

4 この本に対する評価は？
内容：□ 満足 □ やや満足 □ 普通 □ やや不満 □ 不満
定価：□ 満足 □ やや満足 □ 普通 □ やや不満 □ 不満
装丁：□ 満足 □ やや満足 □ 普通 □ やや不満 □ 不満

5 どんなジャンルの小説が読みたいですか？（複数回答可）
□ 江戸市井もの　□ 同心もの　□ 剣豪もの　□ 人情もの
□ 捕物　□ 股旅もの　□ 幕末もの　□ 伝奇もの
□ その他（　　　　　　　　　）

6 好きな作家は？（複数回答・他社作家回答可）
（　　　　　　　　　　　　　　　　　　　　　　　　　　　　　）

7 時代小説文庫、本書の著者、当社に対するご意見、
ご感想、メッセージなどをお書きください。

二見書房 公式HP

ご協力ありがとうございました

↓ この線で切

①竜神の髭 ②竜神の爪 ③あるがままに

沖田 正午（おきだ・しょうご）

大江戸けったい長屋シリーズ

①ぬけ弁天の菊之助 ②無邪気な助っ人 ③背もたれ人情 ④ぬれぎぬ

大仕掛け 悪党狩りシリーズ

①如何様大名 ②黄金の屋形船 ③捨て身の大芝居

北町影同心シリーズ

①閻魔の女房 ②過去からの密命 ③挑まれた戦い ④目眩み万両
⑤もたれ攻め ⑥命の代償 ⑦影武者捜し ⑧天女と夜叉
⑨火焔の啖呵 ⑩青二才の意地

喜安 幸夫（きやす・ゆきお）

はぐれ同心 闇裁きシリーズ

①龍之助江戸草紙 ②隠れ刃 ③因果の棺桶
④老中の迷走 ⑤斬り込み ⑥槍突き無宿
⑦口封じ ⑧強請の代償 ⑨追われ者
⑩さむらい博徒 ⑪許せぬ所業 ⑫最後の戦い

隠居右善 江戸を走るシリーズ

①つけ狙う女 ②妖かしの娘 ③騒ぎ屋始末
④女鍼師 竜尾 ⑤秘めた企み ⑥お玉ケ池の仇

倉阪 鬼一郎（くらさか・きいちろう）

小料理のどか屋 人情帖シリーズ

①人生の一椀 ②倖せの一膳 ③結び豆腐 ④手毬寿司

勘十郎まかり通るシリーズ

①閻太閤の野望 ②盗人の仇討ち ③独眼竜を継ぐ者

幡 大介（ばん・だいすけ）

天下御免の信十郎シリーズ

①快刀乱麻 ②獅子奮迅 ③刀光剣影 ④豪刀一閃
⑤神算鬼謀 ⑥斬刃乱舞 ⑦空城騒然 ⑧疾風怒濤
⑨駿河騒乱

聖 龍人（ひじり・りゅうと）

夜逃げ若殿 捕物噺シリーズ

①夢千両すご腕始末 ②夢の手ほどき ③姫さま同心 ④妖かし始末
⑤姫は看板娘 ⑥贋若殿の怪 ⑦花瓶の仇討ち ⑧お化け指南
⑨笑う永代橋 ⑩悪魔の囁き ⑪牝狐の夏 ⑫提灯殺人事件
⑬華厳の刃 ⑭大泥棒の女 ⑮見えぬ敵 ⑯踊る千両桜

氷月 葵（ひづき・あおい）

神田のっぴき横丁シリーズ

①殿様の家出 ②慕われ奉行 ③笑う反骨 ④不屈の代人

婿殿は山同心シリーズ

①世直し隠し剣 ②首吊り志願 ③けんか大名

公事宿 裏始末シリーズ

①火車廻る ②気炎立つ ③濡れ衣奉行 ④孤月の剣
⑤追っ手討ち

→ この線で切り取ってください

↑ この線で切

取ってください

← この線で切り取ってください

御庭番の二代目シリーズ
①将軍の跡継ぎ ②藩主の乱 ③上様の笠 ④首狙い
⑤老中の深謀 ⑥御落胤の槍 ⑦新しき将軍 ⑧十万石の新大名
⑨上に立つ者 ⑩上様の大英断 ⑪武士の一念 ⑫上意返し
⑬謀略の兆し ⑭裏仕掛け ⑮秘された布石 ⑯幻の将軍
⑰お世継ぎの座 ⑱刃の真相

藤木 桂(ふじき・かつら)
本丸 目付部屋シリーズ
①権威に媚びぬ十人 ②江戸城炎上 ③老中の矜持 ④遠国御用
⑤建白書 ⑥新任目付 ⑦武家の相続 ⑧幕臣の監察
⑨千石の誇り ⑩功罪の籤 ⑪幕臣の湯屋 ⑫武士の情け
⑬下座見の子

藤 水名子(ふじ・みなこ)
古来稀なる大目付シリーズ
①まむしの末裔 ②偽りの貌 ③たわけ大名 ④行者と姫君
⑤猟鷹の眼 ⑥知られざる敵 ⑦公方天誅 ⑧伊賀者始末
与力・仏の重蔵シリーズ
①情けの剣 ②密偵がいる ③奉行闇討ち
④修羅の剣 ⑤鬼神の微笑
旗本三兄弟 事件帖シリーズ
①闇公方の影 ②徒目付 密命 ③六十万石の罠
隠密奉行 柘植長門守シリーズ
①ならぬことはならぬものです ②父、密命に死す ③隠し剣 御留流 ④必殺の刻
⑤江戸の迷宮

剣客相談人シリーズ
①長屋の殿様 文史郎 ②狐憑きの女 ③赤い風花 ④乱れ髪 残心剣
⑤剣鬼往来 ⑥夜の武士 ⑦笑う傀儡 ⑧七人の刺客
⑨必殺、十文字剣 ⑩用心棒始末 ⑪疾れ、影法師 ⑫必殺迷宮剣
⑬賞金首始末 ⑭秘太刀 葛の葉 ⑮残月殺法剣 ⑯風の剣士
⑰刺客見習い ⑱秘剣 虎の尾 ⑲暗闇剣 白鷺 ⑳恩讐街道
㉑月影に消ゆ ㉒陽炎剣秘録 ㉓雪の別れ
北風侍 寒九郎シリーズ
①津軽宿命剣 ②秘剣枯れ葉返し ③北帰行 ④北の邪宗門
⑤木霊燃ゆ ⑥狼神の森 ⑦江戸の旋風 ⑧秋しぐれ

森 真沙子(もり・まさこ)
日本橋物語シリーズ
①蜻蛉屋お瑛 ②迷い蛍 ③まどい花 ④秘め事
⑤旅立ちの鐘 ⑥子別れ ⑦やらずの雨 ⑧お日柄もよく
⑨桜追い人 ⑩冬 螢
箱館奉行所始末シリーズ
①異人館の犯罪 ②小出大和守の秘命 ③密命狩り
④幕命奉らず ⑤海峡炎ゆ
時雨橋あじさい亭シリーズ
①千葉道場の鬼鉄 ②花と乱 ③朝敵まかり通る

取ってください

↓ のりしろ

取ってください

⇐ 書籍をご注文の場合は84円切手。アンケートのみの場合は、63円切手を貼り、裏面のキリトリ線で切断して投函してください。

今

森 詠(もり・えい)
江戸の迷宮 会津武士道5 (23069)［発売日5/25］
西欧近代軍事を学んでいた龍之介は、父兄の死を知る万字屋与兵衛と番頭助蔵の情報に、驚く。

青田 圭一(あおた・けいいち)
奥小姓 裏始末シリーズ
①斬るは主命 ②ご道理ならず ③福を運びし鬼 ④公達の太刀
⑤二人の手練

浅黄 斑(あさぎ・まだら)
無茶の勘兵衛日月録シリーズ
①山峡の城 ②火蛾の舞 ③残月の剣 ④冥暗の辻
⑤刺客の爪 ⑥陰謀の径 ⑦報復の峠 ⑧惜別の蝶
⑨風雲の谺 ⑩流転の影 ⑪月下の蛇 ⑫秋蜩の宴
⑬幻惑の旗 ⑭蠱毒の針 ⑮妻敵の槍 ⑯川霧の巷
⑰玉響の譜 ⑱風花の露 ⑲天空の城 ⑳落暉の兆

麻倉 一矢(あさくら・かずや)
剣客大名 柳生俊平シリーズ
①将軍の影目付 ②赤鬚の乱 ③海賊大名 ④女弁慶
⑤象耳公方 ⑥御前試合 ⑦将軍の秘姫 ⑧抜け荷大名
⑨黄金の市 ⑩御三卿の乱 ⑪尾張の虎 ⑫百万石の賭け
⑬陰富大名 ⑭琉球の舞姫 ⑮愉悦の大橋 ⑯龍王の譜
⑰カピタンの銃 ⑱浮世絵の女 ⑲八咫烏の罠 ⑳将軍吉宗の大敵

上様は用心棒シリーズ
①はみだし将軍 ②浮かぶ城砦

かぶき平八郎 荒事始シリーズ
①残月二段斬り ②百万石のお墨付き

飯島 一次(いいじま・かずつぐ)
小言又兵衛 天下無敵シリーズ
①血戦護持院ヶ原 ②将軍家の妖刀

井川 香四郎(いかわ・こうしろう)
ご隠居は福の神シリーズ
①ご隠居は福の神 ②幻の天女 ③いたち小僧 ④いのちの種
⑤狸穴の夢 ⑥砂上の将軍 ⑦狐の嫁入り ⑧赤ん坊地蔵
⑨どくろ夫婦 ⑩そこにある幸せ ⑪八卦良い

伊丹 完(いたみ・かん)
大江戸秘密指令シリーズ
①隠密長屋の十人

瓜生 颯太(うりゅう・そうた)
罷免家老 世直し帖シリーズ
①傘張り剣客 ②悪徳の栄華 ③亡骸は語る ④山神討ち
⑤極悪の秘宝 ⑥贋作の野望

大久保 智弘(おおくぼ・ともひろ)
天然流指南シリーズ

好

深川の重蔵捕物控ゑ1 契りの十手 (23053)［発売日4/25］
女房を目の前で殺された重蔵は悪を根絶やしにするため勤めに励む。新ヒーロー誕生！

⑤雪花菜飯 ⑥面影汁 ⑦命のたれ ⑧夢のれん
⑨味の船 ⑩希望粥 ⑪心あかり ⑫江戸は負けず
⑬ほっこり宿 ⑭江戸前 祝い膳 ⑮ここで生きる ⑯天保つむぎ糸
⑰ほまれの指 ⑱走れ、千吉 ⑲京なさけ ⑳きずな酒
㉑あっぱれ街道 ㉒江戸ねこ日和 ㉓兄さんの味 ㉔風は西から
㉕千吉の初恋 ㉖親子の十手 ㉗十五の花板 ㉘風の二代目
㉙若おかみの夏 ㉚新春新婚 ㉛江戸早指南 ㉜幸くらべ
㉝三代目誕生 ㉞料理春秋 ㉟潮来舟唄 ㊱祝い雛
㊲宿場だより

小杉 健治(こすぎ・けんじ)
栄次郎江戸暦シリーズ
①浮世唄三味線侍 ②間合い ③見切り ④残心
⑤なみだ旅 ⑥春情の剣 ⑦神田川斬殺始末 ⑧明烏の女
⑨火盗改めの辻 ⑩大川端密会宿 ⑪秘剣 音無し ⑫永代橋哀歌
⑬老剣客 ⑭空蝉の刻 ⑮涙雨の刻 ⑯闇仕合〈上〉
⑰闇仕合〈下〉 ⑱微笑み返し ⑲影なき刺客 ⑳辻斬りの始末
㉑赤い布の盗賊 ㉒見えない敵 ㉓致命傷 ㉔帰って来た刺客
㉕口封じ ㉖幻の男 ㉗獄門首 ㉘殺し屋

高城 実枝子(たかぎ・みえこ)
浮世小路 父娘捕物帖シリーズ
①黄泉からの声 ②緋色のしごき ③髪結いの女

辻堂 魁(つじどう・かい)
花川戸町自身番日記シリーズ
①神の子 ②女房を娶らば

西川 司(にしかわ・つかさ)
深川の重蔵捕物控ゑシリーズ
①契りの十手

早見 俊(はやみ・しゅん)
椿平九郎 留守居秘録シリーズ
①逆転！評定所 ②成敗！黄金の大黒 ③陰謀！無礼討ち ④疑惑！仇討ち本懐
⑤逃亡！真実一路 ⑥打倒！御家乗っ取り ⑦暴け！闇老中の陰謀 ⑧宿願！御家再興

居眠り同心 影御用シリーズ
①源之助人助け帖 ②朝顔の姫 ③与力の娘 ④犬侍の嫁
⑤草笛が啼く ⑥同心の妹 ⑦殿さまの貌 ⑧信念の人
⑨惑いの剣 ⑩青嵐を斬る ⑪風神狩り ⑫嵐の予兆
⑬七福神斬り ⑭名門斬り ⑮闇の狐狩り ⑯悪手斬り
⑰無法許さじ ⑱十万石を蹴る ⑲闇への誘い ⑳流麗の刺客
㉑虚構斬り ㉒春風の軍師 ㉓炎剣が奔る ㉔野望の埋火〈上〉
㉕野望の埋火〈下〉 ㉖幻の赦免船 ㉗双面の旗本 ㉘逢魔の天狗

↑ のりしろ

取ってください

その証人となるために茂十郎は呼ばれたのだ。

茂十郎は世間では有徳《うとく》の士として通っている。

十組問屋と共に取り仕切る運びとなった三橋会所は、大川に架かる主要な橋が崩落するのを防ぐことを目的に発足した。

その三橋会所の頭取を務める茂十郎が裏で悪事に手を染め、不当に大金を得ているとは世間も思うまい。

しかも茂十郎は芝居を打つことに慣れている。

大奥を取り仕切る御年寄の醜聞を偶然にも目《ま》の当たりにし、出過ぎたことと承知で止むにやまれず証言に及んだと装うぐらいは朝飯前だ。

清茂に適任と見込まれたのも当然だが、

「ほんとにとんだ茶番だよ」

と、茂十郎がぼやきたくなるのも無理はない。

「それでも付き合うのかい」

ぼそりと弟に問う茂吉は、頭巾の下で渋い顔。

杯に口を付けることもなく、膳に伏せたままでいた。

「中野の殿様のお申しつけじゃ、仕方ないさね」

茂十郎は苦笑を返し、乾した杯を膳に置いた。

二

「旦那、ちょいとよろしゅうございやすかい？」

十蔵が南北から声をかけられたのは、市村座の楽屋に戻って早々のことだった。

「どうした先生、やけに暗い面ぁしてるじゃねぇか」

「その先生ってのは止めておくんなせぇ。どうにもくすぐったくっていけねぇや」

十蔵におどけた調子で返しながらも、南北の表情は冴えていない。

「急ぎの用向きとあらば、早う話してみよ」

横から壮平が促した。

相方の十蔵と同じく、まだ変装を解いてはいない。

共に木綿の織物としては上物の冬小袖を纏っている。

大店では中堅の奉公人に与えられるお仕着せだが、小さいながらも一本立ちした店のあるじに化けるには、安すぎず高すぎない装束だ。

「急き前になるのかどうか、まだはっきりしちゃいねぇんですがね……」

「どっちにしろ、お前《めえ》さん独りの手にゃ余ることとみてぇだな」

十蔵は南北に告げながら腰を上げる。

「ともあれ話を致そう」

壮平も続いて立ち上がった。

「へい」

南北は二人に続いて楽屋を後にする。

役者衆は各々化粧を落として衣装を脱ぎ、着替えを始めたところだった。

團十郎の姿だけが見当たらない。

芝居茶屋での接待を済ませたら三々五々楽屋に戻り、稽古をすることになっているのは承知のはずなのだが――。

十蔵は芝居小屋の裏に南北を連れて行き、壮平と共に子細を聞いた。

「成田屋が妙な野郎に口説かれてただと?」

「もう先《せん》から楽屋に出入りしてた、お大尽《だいじん》って触れ込みの男でさ」

「そやつが團十郎を連れ出したと申すのか」

「へい」

「行先は」

「その先の芝居茶屋でございやす」

「贔屓筋ならば不自然なことはない話だの」

「ほんとにお大尽だったらよろしいんですがね」

「そうは思えねぇってのかい」

「あれは町人になりすました、さむれぇですよ」

「まことか」

「旦那がたほどじゃありやせんが、腰がしっかり据わっておりやす」

「常に脇差を帯びておる、か」

「目つきはどうでぇ」

「黒目勝ちの小せえ目をしておりやしたが、やけに鋭うございやす」

「手はどうであった」

「初めて引き合わされた時に手相を見る振りをして確かめやしたが、左にだけ胼胝《たこ》がありやした。でえぶ薄くなっておりやすが、当節流行りの竹刀打じゃなくて昔ながらの剣術の修行を若え頃《わけ》にしていたようでさ」

「右の手に胼胝が見当たらぬということは、手の内が錬《ね》れておるな」

「それと、腕がやけに太うございやしたよ」

「足腰の鍛えに比べて、ということか」

「左様でございやす」

「するってぇと砲術遣いじゃねぇのかい。重いのを構えるから自ずと腕の力は付くし太くもなるが、剣術とは違って足の踏み替えで鍛えられることがねぇからな」

「いずれにしても、お大尽には無用の技ぞ」

　十蔵の所見に壮平が頷いた。

「本物のお大尽じゃねぇんなら、一体どういうつもりで成田屋に近付いたんでござんしょう？」

「贔屓になりたい奇特な御仁に非ざることはたしかだの」

「そういうこったぜ。砲術遣いだけに、きな臭え企みがあるに違いねぇやな」

「役者を、それも團十郎を使うた企みか……」

「壮さん、まずは茶屋を探ってみるかい」

「左様だな。この形《なり》ならば怪しまれまい」

「着替えずにいてよかったな」

「お誂え向きでございやすよ」

小金持ちの商人らしい身なりの十蔵と壮平に、南北は太鼓判を捺す。

その上で言い出したのは二人の思わぬことだった。

「旦那がた、あっしもご一緒させてくだせぇ」

「止めときな。芝居茶屋に面ぁ出した役者衆が楽屋に戻るのを待って、今夜も稽古を付けるんだろ？」

「八森が申すとおりぞ。おぬしがこたび筆を執りし芝居は、團十郎が居らずとも障りはあるまい」

「そんなことはありやせんよ、旦那がた」

「どうしてだい、南北？」

「その鶴屋南北の芝居が、まだ成田屋に響いちゃいねぇからでございやす」

「響く？」

「あっしはもとより読み書きが苦手ですんで、未だに字を間違えることも珍しくねぇ有様ですが芝居は口で付けやすから、文字はそれほど大事じゃありやせん」

「重きをなすのは、声に出してのやり取りなのだな」

「左様なんでございやすよ、和田の旦那」

「したが團十郎は、おぬしの申すことに打ち合わぬと……」

「お恥ずかしいこってすが、乗り気にさせることができねぇんでさ」

「だから成田屋はお前さんの書いた三幕の芝居だけ、妙に動きが硬かったんだな」

「お察しのとおりでさ」

強面を曇らせて南北はつぶやいた。

作者は役者の持ち味を引き出すべく芝居を書く。

その点は南北も同じである。

作者は役者を活かし、逆に役者は作者を活かす。

南北に独特の奇抜な発想も、恐怖と表裏一体の笑いも、文字で書かれたものが演じられることによって真価を発揮する。

しかし、頭から拒絶されては始まらない。

辛抱強い南北も、こたびは珍しく気弱になっていた。

「このまんまにしといたら、他の役者衆まで気を削がれちまいやすよ」

「それは防がねばなるまいが、團十郎も放ってはおけまい？」

「そういうこったぜ、南北」

「八森の旦那……」

「年の功で言わせてもらえば成田屋はひよっこだ。五代目仕込みの荒事は若え者《わけ》にしちゃ大したもんだが、卵から孵《かえ》ったわけじゃねぇらしいや」

「孵してやるには抱いて温めるばかりが能ではあるまい。おぬしはおぬしのやり方を貫くべきであろう」

「……冷や水を浴びせちまっても構わねぇってことですかい、和田の旦那」

「その冷や水に湯を足す加減を、おぬしは心得ておるはずだ」

「…………」

「刀を仕上げる焼き入れも、水と湯の加減が決め手だそうだ。成田屋の七代目に焼きを入れるは至難であろうが、南北襲名の矢立《やたて》始めとする値打ちはあるぞ」

壮平の助言に南北は無言で頷いた。

市川團十郎は江戸の歌舞伎で別格の名跡だ。

なればこそ鋭くも美しく、荒々しくも優美な名刀の如く、一面だけでは語れぬ魅力を備えさせてやらねばなるまい――。

「そうと決まれば善は急げだ」

「急ぎ参るぞ」

「へいっ」

先に立つ二人を追って、南北は駆け出した。

三

芝居茶屋の一室では、團十郎が戸惑いを隠せずにいた。

「あの、御老女様」

「帚木じゃ」

大奥で番狸と密かに呼ばれる御年寄は、いつしか微薫《びくん》を帯びていた。

信楽焼の狸を思わせる相貌《そうぼう》が赤い。仲居が運んできた酒を團十郎と差しつ差されつしていて酔いが回ったのだ。

「帚木様」

團十郎は戸惑いながらも重ねて問いかけた。

「木挽町までお出でになりてぇって申されやしても、今からお越しになられるこたぁねぇでしょう」

「いーや、どうあっても参るのじゃ」

帚木は耳を貸すことなく、駄々っ子の如き口調で言った。

問わず語りで明かされた話によると、帚木は亡き江島に並々ならぬ思い入れがあるにもかかわらず大奥へ御奉公に上がってこの方、森田座か河原崎座が芝居を打った月に限って宿下がりをできぬまま、今日に至っているという。

かつて山村座《やまむら》が芝居小屋を構えた地を一目見たい気持ちは分かるが、江島の二の舞になっては元も子もあるまい。

「お言葉でございやすが、御城へお帰りになられる刻限もございやしょう？」

「そのことならば大事ない。平川の御門前にて駕籠を待たせておく故な」

お供の一行に空駕籠を走らせ、後で合流する手筈となっているらしい。

「何もご無理をなさらずとも日を改めなすって、森田座なり河原崎座なりにお出でになられちゃどうですかい」

「いーやーじゃー」

「しっかりなさいやし、御老女様」

「これっ、帚木と呼ばぬか」

「相すみやせん、帚木様」

「ならば早う案内《あない》致せ」

「それとこれとは話が別でさ。そもそも山村座は疾《と》うに潰《つぶ》されて、今はただの町家になっちまっておりやすよ」

「左様なことは致し方あるまい。形あるものは全てが辿る定めじゃ」

「でしたら木挽町くんだりまで、わざわざお運びにならずとも……」

「いや、参るぞ」

「どうしてですかい」

「山村座はそのほうが受け継ぎし名跡とも縁があるはずじゃ。この機に初心に帰りて巡礼致せ」

「二代目と所縁が深え《ふけ》のは存じておりやすが、あっしには何の関わりも……」

「左様に申すな。迷いを断つにも良き折であろ」

「迷い、ですかい？」

「南北の新作のみならず、お家芸の荒事まで所作が乱れておったぞ」

「……お分かりになられやしたかい」

「憚りながら江島様の衣鉢を継いだ所存にて、見る目を養うて参った故な」

「お見それしやした……」

團十郎は恥じた様子で俯いた。

面長で鼻梁《びりょう》の高い顔立ちは、十六の年に亡くなった祖父の五代目譲りだ。

五代目團十郎は早世した六代目に代わって孫を厳しく育て、市川家のお家芸の荒事を伝授したのみならず、晩年まで現役を貫いた。江戸歌舞伎の大黒柱でもあった祖父の功績は、生前に親交の深かった烏亭焉馬《うていえんば》が今年になって書き上げた『花江都歌舞伎年代記《はなのえどかぶきねんだいき》』に綴《つづ》られている。

当年六十九の焉馬は町大工の棟梁として一家を張りながら高座に昇り、江戸落語の中興《ちゅうこう》の祖《そ》と讃えられる人物だ。老いても多忙な身であるにもかかわらず七代目の後見役を自認し、舞台に欠かさず足を運んでくれる。

「七代目」

「へ、へい」

おもむろに呼び名を改められ、團十郎は膝を揃えた。焉馬が苦言を呈する時と同じ声の響きだったからだ。

帚木は構うことなく話を続けた。

「二丁町での私の席は、正面の二階桟敷と決めておる」

「はぁ」

「何故なのか、分かるかえ」

「舞台はもとより花道の入りから出までを余さずご覧いただける、見晴らしの良さ故に……でございやすか」

言わずもがなと思いながらも、神妙に答える。

「ふっ」

帚木が破顔一笑した。

「左様なれど、いまひとつだの。見晴らしの良さだけならば、同じ二階桟敷でも横手のほうが良き故な」

すでに微醺を帯びてはいない。

口調は酒を口にする前と同じ、打ち解けながらも折り目正しいものに戻っていた。

團十郎は黙して背筋を伸ばし、帚木の言葉に耳を傾ける。

「大向う、で合《お》うておるかえ」

「へい？」

「私が座りし席の後ろ、おのこどもが立ちて芝居を見るところじゃ」

「左様にございやす」

「あの者たちは大した目利きだの。声の響きも、実に良い」

「いずれ劣らず年季が入っておりやすので……」

相槌《あいづち》を打ちながらも、團十郎は表情を曇らせずにはいられない。

帚木が言わんとすることを察したからだ。

團十郎が芸の迷いを自覚せざるを得なくなったのは、常の如く大向うに陣取る芝居好きの男たちが、今日は一声も発さなかったが故のこと。

舞台を見守るのは大向うからと決めている、焉馬も含めての話だ。

焉馬は無言を貫いたのみならず、楽屋にも顔を出さずじまいであった。

かつてなかったことである。

帚木は素知らぬ顔で続けて問うた。

「他にも羅漢台《らかんだい》なる、通好《つうごの》みの席があるそうだの」

大向うよりも更に安い席のことだ。

「そちらは舞台の下手《しもて》でございやす」

「ほお」

「奥まったとこにございやすんで、見えるのは舞台に立った役者衆の背中と平土間のお客ばっかりで」

「その平土間に客の居並ぶ様が五百羅漢《ごひやくらかん》の如し故、羅漢台ということかえ」

「左様にございやす」

「ほほほ、面白き名付けだの」

可笑《おか》しげにつぶやく顔に、嫌みめいたものはなかった。

四

仲居になりすました桔梗が眠り薬を仕込んだ酒を運んできたのは、帚木が團十郎に伴われ、座敷を抜け出した時のことであった。

「ご気分は悪くありやせんかい？」

「うむ、些か目が回るのう」

「やっぱり、お日を改めなすったほうが……」

「そうは参らぬ。思い立ったが吉日じゃ」

「その吉日も、あと三刻《みとき》で終《しま》いでございやすよ」

「なればこそ急がねば相ならぬぞ」

「御年寄様ぁ」

「帚木じゃ。早う三十間堀《さんじゆっけんぼり》の端《はた》に出て、木挽町へ参らぬか」

「へいっ、仰せのままに」

團十郎は困惑しながらも、帚木を抱きかかえて玄関へ向かう。

その背を無言で睨みつつ、桔梗は二人を通した部屋に入った。

無用となった仕込み酒を床の間の花器に捨て、膳はそのまま置いていく。

清茂が待つ一室に立ち寄ったのは変装を解き、表に忍び出る間際のことだった。

「お殿様、狸と成田屋が木挽町へ向かいました」

「まことか」

「狸めが所望の由にございまする」

「解《げ》せぬことなれど、江島に所縁の山村座を偲ぶためだとすれば、あり得ようぞ」

急の知らせにも清茂は動じない。

桔梗が疑義《ぎぎ》を呈しても、慌てた素振りは見せなかった。

「これは罠やもしれませぬ」

「何故じゃ」

「三十間堀に沿うて参れと、わざわざ道順を指図しておりました」

「己が命を的《まと》にした誘い出しだと申すか」

「はい」

「左様とあらば乗ってやれ」

「お殿様?」

「御庭番家の部屋住みどもを手懐けたのは、使い捨てても構わぬが故のこと。帚木に使える手駒が居るのか否かは存ぜぬが、身共が下知と部屋住みどもに伝え、嚙み合わせてみるがいい」

「心得ました。されば参りまする」

清茂に一礼し、速やかに去る桔梗は忍び装束だった。

桔梗は双子の姉の綾女に劣らぬ手練。

腕が立つ上に身も軽く、夜陰に乗じて屋根伝いに移動することにも慣れていた。

五

「どうであった、英次郎《えいじろう》」

「おかげさまで堪能させていただき申した。お江戸の歌舞伎狂言と申すのは、げに面白きものだったのですね」

「楽しんでくれたのならば何よりぞ」

二丁町の表通りを、仲の良さげな二人連れが歩いていた。

共に頭巾で面体を隠した、お忍びの外出の態《てい》である。

袴を穿いて大小の二刀を帯びているので士分と分かるが、袴ばかりか着物まで木綿の生地で仕立てた質素なものだ。

年嵩《としかさ》と思しき一人は中肉中背ながら胸の張りが厚く、腰回りもしっかりした体つきである。いま一人は小柄だが、頭巾を着けても隠しきれない、品の良い雰囲気を漂わせていた。

「奥向きの女中たちが何故にあれほどまでに見物したがっておったのか、今更ながら分かり申した」

「よくぞ桟敷の席が取れたものだな」

「肥前守殿のお計らいあってのことにございまする」

「私は伝手を持たぬ故、平土間にさせてしもうて相すまぬ」

「滅相もありません。忍びの外出、それも姉上と二人で芝居見物ができるとは幸甚《こうじん》の至りにございました」

「桟敷の女中たちには気づかれずじまいであったな」

「見晴らし良き席で舞台に釘付けだったが故ですよ。これも肥前守殿のおかげです」

「南のお奉行には芝居茶屋にまで口を利いていただき、ご雑作を掛けてしもうたな」

「数寄屋橋の御番所を訪ね参り、改めてお礼を申しておきまする」

「左様に致すがよい。無礼のなきようにな」

「心得ました」

「したが、再びお頼み申しては相ならぬぞ」

「いけませぬか」

「おなごは増長《ぞうちょう》するものだ。女中たちの労をねぎらうことは大事なれど、甘やかしてはなるまい」

「しかと心得申します。もとより内証《ないしょう》の苦しき折なれば、贅沢は控えさせましょう」

「おぬしには苦労をかけるな、英次郎」

「姉上こそ、くれぐれもご無理をなされませぬよう」

「かたじけない……姉と呼んでくれるは嬉しいが、往来では控えてくれ」

「も、申し訳ござらぬ」

声を潜めて注意され、小柄な武士が首をすくめた。

その名は相良頼重という。

当年十四の少年は、大名家の後継ぎと定められた世子である。

家督を継いだ暁に治めることとなる所領は、肥後相良二万二千百六十五石。

肥後国の南部に位置する藩の名は人吉藩。領内の大部分を山が占め、米の穫れ高の少なさ故に外様《とざま》の小藩の立場に甘んじているが城持ちであり、元を辿れば隣国の薩摩《さつま》を治める島津《しまづ》家と共に鎌倉《かまくら》将軍家に仕えた、御家人の名家を祖とする一族だ。

鎌倉府の実権を握った北条《ほうじょう》氏と対立し、平家追討の名目で関東から遠く離れた九州の地に飛ばされた相良家が土着して生き延び、徳川の世で大名となった背景には戦国乱世に生まれた家中の士で、新陰《しんかげ》流の剣技を学んだ後にタイ捨《しゃ》流を創始した丸目《まるめ》蔵《くら》人佐長恵《んどのすけながよし》の存在が大きい。

頼重と連れ立つ女人は、相良家の御流儀となって久しいタイ捨流の剣士である。

「あの、姉上」

「しっ」

またしても口を滑らせた頼重を叱る、年嵩の女人の名は柚香《ゆずか》という。

相良の地において豊富に産する柑橘《かんきつ》に因《ちな》んだ名を持つ男装の剣士は、頼重の腹違いの姉で当年取って二十と四《し》。

共に相良家の現当主の頼徳を父として生を受けながら実子の扱いをされず、存在を伏せられたまま育てられた柚香が今の立場となったのは、天与の剣才を見出されたが故のことだった。

「何としたのだ、英次郎」

「その……幼き頃の名でお呼びになられるのは恥ずかしゅうございます」

「左様であったか。おぬしが素性を余人に気取らせぬためと思うてのことなれど、相すまぬ」

慌てて詫びる様を見ただけでは、手練の剣士とは思えない。

しかし、柚香は弟を溺愛するだけの姉ではない。

頼重が遠からず当主となる相良家を護るために存在する、家中の精鋭から成る一隊を束ねる立場なのだ。

その隊の歴史は古く、江戸開府の頃にまで遡《さかのぼ》る。

タイ捨流開祖の長恵《ながよし》は晩年に至った時、相良家代々の護りとして十の組から成る隊を組織した。

これを称して、相良忍群という。

長恵が生前に鍛えた家中の剣士に加え、唐土の明王朝《みんおうちょう》で拳法を極めた伝林坊長慶《でんりんぼうちょうけい》を迎えた相良忍群は将軍家にも実力を認められ、今も江戸においては御公儀御庭番の御目付役を、九州に在っては抜け荷の監視役を担う。柚香は肥後の天草《あまくさ》を拠点とした抜け荷検めの御役目を終え、江戸に遣わされた身であった。

国許では隠し子なれど相良の姫様《ひいさま》として敬われる柚香も、千代田の御城中においては九州の小大名から将軍家が雇い入れた一隊の女頭領としか見なされない。

男子禁制の大奥で御庭番の監視と別に務める警固役としても、奥女中から煙たがられるばかりである。

それでも将軍家に力を示すことは、相良家の存続に不可欠だ。

去る文月《ふみづき》に敵の手中に堕ちた柚香は心身に受けた傷を癒すため、人吉藩の上屋敷で療養の日々を送っていた。

溺愛する弟の頼重と同じ屋根の下で過ごしたことによって心も体も持ち直し、再び御役目を務めるのに不足はなかった。相良忍群の束ね役は守役《もりやく》あがりの田代新兵衛《たしろしんべえ》が代行しているが、老体にこれ以上の無理はさせられまい。

実の親に捨てられた柚香にとって、新兵衛は守役というよりも父親に等しい存在。国許の人吉城下で独り暮らしている新兵衛の老妻は、顔も知らない母親以上の愛情を幼い柚香に注いでくれた。

そろそろ新兵衛を相良忍群から退《しりぞ》かせ、国許に帰すべきであろう。

そのために柚香はこれまで以上に、御役目に専心しなくてはなるまい。

それは女としての幸せを得ることを切に願って止まずにくれている、新兵衛の想いを裏切る振る舞いであるのだが――。

不覚にも愁眉《しゅうび》となった柚香の目に、見慣れた女人の顔が映った。

「姉上？」

「火急の用を思い出した。茶屋に居《お》る女中たちを連れて疾《と》く帰れ」

戸惑う頼重に告げるなり柚香は走り出す。

急ぎ後を追った相手は、團十郎に抱かれた帚木。

奥女中に番狸と陰口をたたかれながら威厳を以て大奥を取り仕切り、御台所の近衛
寔子が寄せる信頼も篤い女傑であった。

六

眦《まなじり》を決して駆ける柚香の姿を、俊平と健作が目にしていた。

「平田、あれは相良の影姫《かげひめ》様じゃねぇのかい」

「うむ……あの凛々《りり》しくも華のある顔《かんばせ》は柚香殿に相違ないぞ」

頷く健作は芝居好きの俊平に誘われて、二丁町を訪れていたのである。

「追っかけてる相手は團十郎みてぇだな……」

「そうらしいな」

「今日の舞台の有様を知ってたら、あんな真似はできめぇよ」

不快げにつぶやく俊平は健作と二人して市村座の大向うに陣取り、常連客の男たちに負けじと舞台を見守っていたのだ。

「解せねぇな……あの一途な姫様が、若様以外の男に執心するたぁどういうこった」

「左様なことはあるまいぞ。目当ては連れの御女中であろう」

「團十郎が抱いていた、狸じみた顔のおばさんかい」

「無礼を申すな。あれは大奥御奉公の奥女中、それも高位のお方だぞ」

「どうして分かるんだい」

「千代田の御城のその奥の、女の園の番狸……我らが本所の地回りどもと喧嘩に明け暮れておった頃に流行った戯れ唄だ」

「するってぇと、あれが帚木って御年寄かい？」

「斯様なご面相は二人と居られまい」

「それがどうして、團十郎と一緒なんだい」

「堅物ながら芝居見物をこよなく好むと仄聞しておったが、金に飽かせた役者買いに及ぶとは思えぬな」

「そもそも人目に立ちすぎだろ」

「魑魅魍魎《ちみもうりょう》の大奥を取り仕切る女丈夫《じょじょうふ》が、考えなしにすることではなかろう」

「何ぞ仕掛けがあるってこったな」

「柚香殿のことも気がかりなれば、我らも参るぞ」

「そうだなぁ。悪党どもに嬲《なぶ》り者にされそうになってた姫様を、若様と一緒に助けた縁もあるこったしな」

「仏作って魂入れずにしてはなるまい。柚香殿は若様と夫婦《めおと》になるやもしれぬおなごの一人だからな」

「俺としちゃ、是非ともそうなってもらいてぇんだがな」

「その機を逃さず、お陽殿に言い寄ろうという肚《はら》か」

「分かるかい？」

「下種《げす》な話は後に致せ。急ぎ参るぞ」

「合点承知」

俊平は頷き返すや駆け出した。

韋駄天走りで先を行くのに負けじと健作も疾駆《しっく》する。

若月が浮かんだ夜空の下を、ひた走りに駆け走った。

帚木を追う柚香の姿を目にしたのは、俊平と健作だけではなかった。

「どうしたの、若様？」

「すみません、これにて失礼します」

「ちょっと！」

慌てるお陽をその場に残し、駆け出したのは若様だ。

中村座の桝席で幕開けから幕引きまで付き合わされた後、芝居茶屋に部屋を取ってあると迫るのを宥めながら家路を辿っている最中であった。

袖にしたのは申し訳ないが、独りで帰ってもらうより他にあるまい。

二丁町は通りに並ぶ芝居茶屋から漏れる灯火が明るく、辻駕籠を拾うにも不自由はしないはず。もとより気丈なお陽であれば、通りすがりの男に言い寄られてもいなすこともできるだろう――。


「沢井と平田に若様まで……とんだ野次馬が揃ったもんだな」

「八森の旦那、あの若え連中《わけ》は何者ですかい？」

遠ざかっていく若様を十蔵が見送っていると、南北が戸惑いながら問うてきた。

「安心しねぇ。俺の存じ寄りさね」

「荒事とならば頼りになる者たちだ。大事ない」

横から俊平も言い添える。

十蔵と壮平は團十郎の様子がおかしいと察した南北に伴われ、あれから芝居茶屋に張り込んでいた。

目を光らせる三人の前に現れたのは茶屋の仲居と入れ替わった桔梗。市村座で十蔵と壮平が見かけた、滅多に見かけぬ別嬪だった。

部屋の花器に流し捨てていった酒が強力な眠り薬であることは、医者あがりの壮平にかかれば即座に分かる。

帚木と團十郎が口にする酒、それも油断をするであろうお代わりに強力な眠り薬を仕込むように命じたのが清茂であろうことは想像に難くない。

「あの御女中は狙われおるのを承知の上で、表に出たに相違あるまい」

「敵を誘い出すために、手前で囮《おとり》になったってことですかい」

「そういうこったぜ、南北」

「それじゃ、七代目は」

「どこまで子細を承知なのかは定かじゃねぇが、金や脅しで無理強いされたようにゃ見えねぇぜ」

「左様だな」

十蔵の見立てに壮平は頷いた。

収まらぬのは南北だ。

「あの野郎、大事な体で無茶しやがって……！」

「気持ちは分かるけどな、今は追っかけるのが先だろうぜ」

「若様たちが先に行ってくれたのは不幸中の幸いというものぞ」

「……旦那がた、七代目を助けてくださいやすかい？」

「言われるにゃ及ばねぇよ。なぁ壮さん」

「もとより承知ぞ」

「あっしも参《めえ》りやすよ！」

頷き合って駆け出す二人を、南北は息せき切って追いかけた。

七

團十郎は帚木を抱いて、初月《はつづき》の下をひた走る。

左手に見える運河は三十間堀。

この三十間堀の東河岸に面した町人地が木挽町である。

後の世の昭和《しょうわ》通りは三十間堀を埋めた上に敷設されており、北の一丁目から南の八丁目まで続く銀座の町は、木挽町とほぼ重なる。

江戸三座の森田座が芝居小屋を構えていた木挽町五丁目は、昭和通りと晴海《はるみ》通りの交差点に在る、歌舞伎座を中心とする一帯だ。

同じ江戸三座の市村座と中村座を擁した二丁町こと堺町と葺屋町が日本橋人形町となり、最寄りの浜町《はまちょう》に明治《めいじ》座が建つのである。

古《いにしえ》の伝統を受け継ぐ二つの劇場は時代を越え、多くの人々に愛されている。

しかし文化八年の江戸では二丁町の市村座と中村座に客が集まり、木挽町の森田座は旗色が悪かった。

顔見世興行が始まってまだ二日目というのに客の入りは芳《かんば》しくなく、幕が引かれた後の表通りも寂しいものだ。

かつて木挽町では三つの歌舞伎一座が芝居小屋を構え、御公儀の認可を受けた本櫓として興行を打っていた。

当時の森田座と鎬を削っていたのは、山村座と河原崎座。

山村座は廃絶の憂き目を見て久しく、森田座の控櫓とされた河原崎座は独自に興行を打つことが許されない。

もしも山村座が健在ならば二丁町の市村座と中村座の向こうを張り、木挽町の名を芝居の町として大いに高めていただろう――。

「帚木様？」

「相すまぬ、ちと思いにふけっておった」

「しっかり摑まっていておくんなさいよ」

落ちかけたのを抱え直し、團十郎は駆ける。

目指すは木挽町の四丁目。

後の銀座六丁目に当たる一画が、山村座の跡地だ。

團十郎の足が、ふと止まる。

「誰でぇ」

声を荒らげて見返す先に、一団の武士が立っていた。

「うぬは團十郎だな」

「だったらどうした」

「故あって一命を頂戴する。恨むでないぞ」

「ふざけるねぇ、サンピンどもが！」

負けじと吠える團十郎を、武士たちは冷ややかに見返したのみ。

前に立つ一人は鯉口を切り、鞘を引いている最中であった。

「ちっ」

團十郎は地べたを蹴って跳ぶ。

小柄な帚木とはいえ、人を抱えていると思えぬ力強さは日頃の稽古の賜物《たまもの》だ。

「外《はず》しおったか。小癪《こしゃく》な」

抜き打ちを跳んでかわされ、つぶやく声は尽きぬ殺気を孕んでいる。

居並ぶ面々も同じであった。

「お逃げくだせぇ、帚木様っ」

「そうは参らぬ」

地に降り立った帚木は、帯の間から懐剣《かいけん》を抜く。

「ふっ、蟷螂《とうろう》の斧《おの》か」

「蟷螂に非ず、狸ぞ」

丸顔を引き締めて睥睨《へいげい》する帚木を嘲笑《あざわら》いつつ、武士たちは迫り来る。

二人の近間に踏み入るや、さっと刀を振りかぶる。

初月の淡い光に煌《きら》めく凶器の刃筋が、派手な音を上げて逸《そ》れた。

宵闇の凶行を阻んだのは、狙いすまして投じた石。

「何奴！」

誰何した武士の体が、どっと吹っ飛ぶ。

跳び蹴りを浴びせたのは若様だ。

いま一人を蹴散らしたのは柚香。

思わぬ相手の出現に驚きながらも、体の捌きにぶれはない。

声を交わすことなく頷き合うや、近間の敵へと挑みかかる。

「流石は若様、いいとこに来てくれたぜ」

「我らも負けてはおられぬぞ」

後に続いた俊平と健作は、まだ刀を抜いてはいない。

「お前ら、斬り合いは初めてだろ？」

「何を申すか、素浪人《すろうにん》が」

俊平の挑発に乗った一人が歯を剝いた。

対する俊平は涼しい顔だ。

「へっ、これでも直参の端くれだぜ」

「同じ部屋住みでも、こうは品下りたくないものぞ」

「やかましい！」

健作のつぶやきに激した一人も斬りかかった。

間合いに入った瞬間、喰らったのは鋭い投げ。

俊平に斬り付けた相手は当て身を喰らい、くの字になって倒れ込む。

「おいおい、そのぐれぇにしておきな」

十蔵が追い付いた時には、大半の者が地べたに這わされていた。

「手向かい致さば、目付筋に引き渡す……その覚悟があらば参られい」

続く壮平の警告に、残る者たちは逃げ去った。

八

「とんだ迷惑をかけてしもうた。許してたもれ」

「何てこたぁありやせん。ご無事で何よりにござんした」

静寂を取り戻した宵闇の中、團十郎は改めて帚木を抱き上げた。

「そなたは後詰《ごづめ》をしてくりゃれ」

「は」

柚香は帚木の命に逆らうことなく殿《しんがり》に廻った。

帚木が木挽町に赴いたのは、半分は思惑があってのことだったたという。

身辺に迫る危機を察知し、逆に打って出たのである。

女傑の蛮勇《ばんゆう》に振り回された團十郎だったが、恨みがましい様子はない。

「こっちだぜ、成田屋」

力強くも丁重に抱き上げたのを先導するのは南北だ。

十蔵と壮平は南北の左右を固め、油断なく目を光らせている。

後に続くは若様と俊平、健作の三人。

図らずも顔を合わせた南町の番外同心たちは、進んで同行を申し出たのだ。

「あちらですよ、帚木様」

「されば、そちらに山村座が」

「へい」

「團十郎、降ろしてくりゃれ」

帚木に所望され、團十郎は腰を屈《かが》めた。

その背中から降り立って、帚木は前を見る。

若月の空の下、丸顔に浮かべた表情は清々しい。

「舞台って戦場《いくさば》に命を張った、兵《つわもの》どもが夢の跡でございやす」

告げる南北に気負いはない。

帚木の噂に違わぬ芝居好きに感じ入り、團十郎を危険な目に遭わせたことに文句を付けることもしなかった。

祈りを終えた帚木は團十郎に向き直った。

「今宵はまことに世話になった。衷心よりお礼申しますぞ」

「こっちこそ、ご教示いただきありがとうございやす」

「向後もお励みなされ」

「肝に銘じやす」

團十郎は謝意を込め、帚木に笑みを返す。

いつまでも別れを惜しんでばかりはいられなかった。

帚木が向かう先は、千代田の御城の平川御門。

警固役を申し出たのは十蔵と壮平だ。

「おぬしたち、それは私の御役目ぞ」

「いいから姫様はゆっくりしていきな」

「左様。若様とは久方ぶりなのであろう」

「……痛み入る」

二人の配慮に礼を述べ、柚香は若様に歩み寄る。

一同が温かく見守るのを尻目に、十蔵たちは出立した。


「そのほうらには隠し立てすまい」

帚木が進んで口を開いたのは、御堀端に至る間際のことだった。

「こたびの絵図を描いたのは中野播磨守清茂に相違ないぞ」

「まことにござるか」

壮平に頷き返し、帚木は続けて言った。

「御側御用取次の林肥後守忠英に若年寄の水野出羽守忠成。播磨守が朋輩にして上様の御気に入り、その実は上様を堕落させ、私腹を肥やさんとする不忠者じゃ」

「…………」

「そのほうら町方の働きがあってこそ華のお江戸は栄えておるのじゃ。これより先もしかと頼みまするぞ」

「かっちけねぇ。せいぜいご期待に沿えるように致しやす」

女傑の励ましに応えるべく、十蔵は精一杯の笑顔を浮かべて見せた。

悪事指南潰《つぶ》し

一

八丁堀と運河を挟んで隣り合わせの霊岸島《れいがんじま》は、三代将軍の家光の世に完成した埋め立て地だ。

かつては水鳥が集うばかりであった干潟《ひがた》に蔵が建ち並び、大江戸八百八町の暮らしを賄《まかな》う品々、とりわけ酒の流通の拠点として知られている。

「へっ、いつもながら景気が良くて結構なこったなぁ」

「まことだな」

「呑む振りだけで済まさねぇで堪能してぇとこだが、辛抱しなくちゃなるめぇよ」

「ふっ、言わずもがなのことを申すでない」

十蔵と壮平は二人揃って霊岸島の新川《しんかわ》河岸《さか》を訪れていた。

河岸に面した通りに軒を連ねるのは酒問屋。

大坂から新酒番船《しんしゅばんせん》と呼ばれる快速の樽廻船で運ばれてきた酒を求める人々が引きも切らず、毎日ごった返している。

月が明けて、今日から師走である。

世間が慌ただしさを増す中、月番となった北町奉行所の面々は忙しい。

町奉行は江戸市中の司法に加えて行政も担う立場である。

八百八町の治安を護るのみならず、将軍家の御膝元に恥じぬ景気を保たせるための目配りをしなければならない。

そこで南北の町奉行は受け持つ業種を分担していた。

南町奉行は絹物と木綿物、薬種を扱う問屋。

北町奉行は書物の売買に酒問屋、廻船《かいせん》問屋と材木問屋。

以上の業種に関する案件は月番にかかわらず、受け持ちの町奉行が対処する。

決済を行うのは奉行だが、調査などの実務を任されるのは配下の与力と同心。

事件の探索に専従する廻方は基本的に関わることがないものの、隠密廻は奉行直属の立場であるため、必要とあらば探索を行う。

今にも白いものがちらつきそうな寒空の下、十蔵と壮平が新川河岸を訪れたのは酒問屋を内偵すると共に、ある人物の顔を確かめるためだった。

「いよいよご対面だなぁ、壮さん」

「うむ」

声を潜めた十蔵に、壮平が頷き返す。

揃ってなりすましたのは、品の良さげな商人だ。

「たしか茂《も》の字は三人扶持だったな」

「左様。俸禄は三十俵二人扶持の我らが上だ」

「その代わり、こっちは役得も付け届けもありゃしねぇけどよ」

ぼやく十蔵の着物は、二丁町の捕物で着ていた冬小袖。

真岡の木綿で仕立てた着物は裏地の下に綿をぎっちり詰め、運河に面した場所での長居に対する備えは万全だ。

「口銭《こうせん》を忘れておるぞ」

さりげなく言い添える壮平の装いは藍縞《あいじま》の小袖に袷《あわせ》の羽織。

十蔵の冬小袖より格の落ちる着物だが、細身の壮平に似合う一着だ。

「口銭かい……ちょいと話を取り持つだけで分け前にありつけるたぁ、顔の広い奴ぁ得なこったぜ」

「まことだの」

壮平は言葉少なに頷くと、手にした杯の酒を口に含んだ。

味わうこともせず、そのまま河岸に向かって吐き捨てる。

「やけに広え顔《ひれ》にしても善人の振りをしくさって繋いだと来りゃ度し難えぜ。それも腹の底まで腐りきった野郎同士でつるむだけならまだしも、地道に生きてるお人好しを平気で巻き込みやがるから許せねぇ……茂の字に限った話じゃねぇけどな」

十蔵も含んだ酒をぷっと吐き、苛立たしげにつぶやいた。

新川河岸の酒問屋は、売り物の酒を試飲できることでも有名だ。

あくまで味を試すだけとあって杯を乾すことは遠慮し、店の前の河岸に吐いて捨てねばならない。自ずと界隈に漂う酒の匂いがまた客を呼び、商売繁盛に繋がるという次第であった。

「引っかかる奴が悪いと言ったらそれまでだが、騙り屋の善人面の上手さといったら役者並みだからなぁ」

「いや、そこらの役者より芸は上だぞ」

「それでいて、本職になろうとはしねぇしな」

「叩《たた》けば埃《ほこり》の出る身では江戸三座はもとより宮地芝居の舞台も務まるまい。そもそも地道な苦労が真っ平ご免の性根とあれば話にならぬ」

「楽して稼ぎてぇから騙りは止められねぇ、か」

「好きこそものの上手なれとは、よく言うたものぞ」

「恥を知らねぇにも程があるやな」

「そもそも恥という字を知らぬのだろう」

「あいつらは頭が悪いくせに、本を読まねぇからな」

「愚かにして怠惰とあっては救われまい」

「騙すことしか能がねぇのに、臆面もなく手前を売り込む度胸だけはありやがる」

「そこが厄介なところなのだ」

「まったくだぜ」

「いずれ食い物にするためにしか人に近付かぬのも度し難いの」

「口から出まかせで売り込んできやがって、いざとなりゃ開き直るしな」

「されど罪には問えぬ故、町方としては相対済ましにさせるより他にない……毎度のことながら、歯がゆい限りぞ」

「口先三寸《くちさきさんずん》野郎が勝ちやがるって分かっていながら、相対なんぞ勧めたくねぇやな」

「そうは申せど町方ばかりか評定所も、公事の訴人はまず追い帰すのが常ぞ」

「結局は話し合わせるしかねぇんだよなぁ」

「それで落着《らくちゃく》すれば良かろうが、重ねて騙りを仕掛ける輩も居るから呆れたものだ」

「業《ごう》が深ければ欲も深えと来てやがる。まったく話にならねぇや」

「常に臆面もなく振る舞いおるのも、相手を煙に巻く一つの手であるぞ」

「茂の字も懲りることぁあるめぇよ」

「我らの読みが正しくば、未だ続けておるはずだ」

「頭取様の裏稼ぎか」

「それも名字帯刀ぞ」

「釣銭のごまかしから始めて悪銭を稼ぎまくった守銭奴《しゅせんど》が、どの面ぁ下げて二本差しだい？　あー、直に訊いてみてぇ」

「どのような顔をするであろうな」

「空っとぼけるか、さもなきゃ得意の騙りでお茶を濁すだけさね」

「しっ、出て参るぞ」

ぼやきが止まない十蔵に、壮平が声を低めて注意した。

二人が視線を向けた先で、暖簾を割って出てきたのは杉本茂十郎。

酒問屋を訪問した茂十郎の装いは、無地の木綿で仕立てた小袖に対《つい》の羽織を重ねた商人らしいものである。

名字帯刀を許されても常に二本差しにすることなく、相手に合わせる配慮が必須と心がけているのだろう。

久方ぶりに目にした茂十郎の顔は相も変わらず強面の受け口だが、浮かべる表情は善人そのものだ。

黒々とした眉を下げ、店の前まで自ら見送りに出た酒問屋のあるじに感謝の笑みを返している。

茂十郎は二人の前を横切ると、河岸に降り立った。

船着き場には一艘の猪牙。

商談が終わる頃合いを見計らって、迎えに来たらしい。

「あのでけぇ鼻の穴、もっと明かしてやりてぇなぁ……」

猪牙で去りゆく茂十郎を見送りながら、十蔵は怒りを込めてつぶやいた。

募る怒りの余りに声を高めたつぶやきを猪牙の船頭に聞かれていたとは、迂闊にも気がついていなかった。

二

新川河岸での探索を終えた十蔵と壮平は、北町奉行所に戻った。

まずは同心部屋に入り、黄八丈と黒紋付に装いを改める。

町人らしく装うための黒足袋も脱ぎ、裏が白い紺足袋に履き替える。

仕上げに脇差を帯びた二人は廊下を渡り、正道が執務している役宅に向かった。

刀は朝に出仕した時から玄関番に預けてある。

どのみち奉行所内で腰にすることはなく、奉行と対面するからといって取りに行くには及ばない。

大小の二本差しは士分の証しだが、常に帯びるのは脇差のみだ。

屋内で腰にすることのない刀を、みだりに手元に置きはしない。

そうした配慮を怠ったのが災いし、思わぬ凶事を招く恐れがあることを北町の与力と同心は思い知らされていた。

正道は常の如く、昼八つを過ぎた頃に下城した。

「おぬしたち、寒中に大儀であったの」

二人の報告を聞き終えた正道は、笑顔で労をねぎらった。

去る卯月に着任した当初は傲慢な印象しかなかった正道も、今は別人の如く感じが良くなった。私腹を肥やすと同時に贅肉まで蓄える一方だった腹も、その頃と比べれば引き締まってきたようである。

「何ほどのこともございやせんよ」

「痛み入り申しまする」

十蔵が伝法に、壮平が折り目正しく答えるのは毎度のことだ。

「千代田の御城中に、何ぞ変わったことはございやせんかい？」

「大事ない。腹黒き者どもも殿中の諸行事をしめやかに執り行うておるばかりじゃ」

「今日は月次《つきなみ》の御礼で、大名諸侯もご登城なすったんでございやしたね」

「左様。明日より歳暮の贈答が始まりて、十三日は煤《すす》払いじゃ」

「中野播磨守と仲間の二人にゃ御城中の煤を払うついでに、手前らの腹ん中の掃除をさせたらどうですかい」

「畏れながら上様の御声がかりでなくば、あやつらは腹など切るまい」

「やっぱり自裁《じさい》することはあり得やせんか」

「左様に殊勝《しゆしよう》な心がけあらば、そもそも悪行になど手を染めまい」

「道理でございまするな」

苦笑交じりにつぶやく正道に、壮平は生真面目に相槌を打った。

「そういえば、おぬしたちへの預り物があったの」

「どなた様からでございやすかい、お奉行？」

「大奥御年寄の帚木殿ぞ」

「ああ、番狸様ですかい」

「控えよ、八森」

へらりと笑った十蔵を、壮平が叱りつけた。

正道は咎めることなく腰を上げ、床の間の違い棚に躙り寄った。

戻った時に手にしていたのは袱紗の包み。

「過日の礼とのお言伝《ことづて》じゃ」

そう告げながら開いた袱紗には、六枚の一両小判。

十蔵の厳《いか》つい顔がたちまち引き締まった。

壮平の端整な顔も、思わず強張る。

対する正道は平然とした面持ちであった。

「キリよく十両と弾みたきところなれど年の瀬なれば、これにてご容赦のほどを……と申されていたぞ」

「滅相もねぇ。こっちこそ大事《でえじ》を明かしてもらったのに、お金《あし》まで頂戴するわけにゃ参りやせんよ」

「右に同じにございまする」

即座に答えた十蔵に続き、壮平も辞退の意を示した。

「まぁ、左様に申すな」

正道は開いた袱紗をそのままにして袂を探る。

取り出したのは四枚の小判。

帚木が寄越した六枚の端に、そっと足す。

最初からこうするつもりで、あらかじめ袂に入れておいたのだろう。

「〆て十両。これにて五両ずつと相成ったの」

「いけやせんよ、お奉行」

正道が押しやろうとする袱紗を、十蔵はどんぐり眼《まなこ》を剝いて押しとどめた。

「お気持ちだけで十分にございまする……」

壮平も形の良い眉を下げ、困惑した面持ちになっていた。

「出されたもんをお断りするのが失礼なのはもとより承知でございやすが、こいつぁいくら何でも多すぎですぜ」

「左様に申すなと言うたはずぞ。キリよく山分けするがいい」

「要りやせんと申し上げておりやすぜ」

「遠慮は無用と言うておろう」

「流石はお奉行、肥えていなすっても腰の入りが違いやすね」

「さもあろう。これでも能で鍛えし身だからの」

「こちとらも伊達《だて》に山猿たぁ呼ばれちゃおりやせんぜ」

「ふっ、頼もしきことぞ」

意地になってきた十蔵に負けじと、正道はぐいぐい押してくる。

十両といえば裏店《うらだな》暮らしの一家が丸一年、働かずとも食うに困らぬ金額だ。役得に事欠かない廻方でありながら余禄とは縁のない十蔵と壮平にとっては尚のこと、容易に稼げぬ大金である。

そもそも武士には「稼ぐ」という感覚がない。

士分の大半を占める蔵米取りは先祖代々の家禄も、御役目に就いている間だけ与えられる役料も、すべてが黒米――精米される前の玄米による現物支給だ。

奉公人の食用に付与される扶持も、当然ながら現物支給。

所領を治める大名や旗本は石取りと称され、領内から徴収した年貢米を家高として収める一方、御役目の本来の格に見合った石高と定められた役高と家高の差分を足高《たしだか》として受け取ることができたが、やはり米を換金しなければ現金を得られぬし、家中の食用に充てる米までは手放せない。

町方同心は御家人や藩士と同じ蔵米取りで三分の二を現金、三分の一を米のままで年に三度、春夏冬に札差《ふださし》から受け取っている。

同心の年俸は三十俵二人扶持。

奉公人の食用である二人扶持を除くと三十俵だ。

換金するのは三分の二なので二十俵。

一石は二・五俵となるため、二十俵は八石。

米一石をおおよそ一両とすれば八両。

正道が広げたままの袱紗で煌めく十両に二両も足りぬ額である。

年俸を超える大金を寄越されては、気軽に受け取れぬのも無理はあるまい。

隠密廻は特定の人物や陣営に与《くみ》することが災いとなる。

繋がりを持った相手が罪を犯せば取り調べ、裁きを下すために力を尽くさねばならないからだ。

同じ廻方の同心でも、決まった持ち場を見廻る定廻ならば問題はない。

持ち場に店を構える商人は廻方に付け届けをしたり、見廻り中に店に立ち寄った際には袖の下を渡すのも惜しみはしない。そうすることによって安心し、日々の営みに勤しむことができるからだ。

定廻を勤め上げた隠密廻が昔の持ち場と繋がりを保ち、後任の定廻の行き届かぬ点を補う見返りに金品を受け取ることも、大目に見られてよいだろう。

肝心なのは事件を未然に防ぎ、持ち場で暮らす人々に被害を出さぬこと。

役立たずの死に金にさえしなければ、付け届けも袖の下も咎めるには及ばない。

しかし、隠密廻はあくまで影の存在だ。

誰にも与することのない、あくまで公平な立場を貫く姿勢が不可欠。

この十両を障りなきように受け取るには、しかるべき理由が必要だった。

「お奉行」

「何じゃ、和田」

おもむろに口を開いた壮平に、正道は肉付きの良い顔を向けた。

十蔵との押し合いは未だ止まぬが、息を乱してはいない。

賄賂で私腹を肥やすばかりだった着任当初の正道は不養生で息切れもしやすかったはずだが、変われば変わるものらしい。今の正道のためならば、直属の配下として力を尽くすのも惜しくはなかった。

「せっかくのご厚意を無下に致すは心苦しきことなれば、謹んで頂戴致しまする」

「壮さんっ」

驚いた十蔵がどんぐり眼を壮平に向けた。

正道がぐいぐい押しやる袱紗を受け取るまいと、押し返しながらのことである。

「いい加減に致せ、八森」

「何を言ってんだ。こんなの受け取っちまったら後の障りが……」

「これ、重ねて無礼を申すでないぞ」

戸惑う十蔵に注意を与え、壮平は正道に向かって告げた。

「お奉行におかれましては、廻方の五両金と申す心得をご存じでございまするか」

「手配中の咎人が江戸を離れたのを追うて草鞋《わらじ》を履いた際、当面の路銀として懐中に忍ばせておる金子《きんす》のことだの」

「左様にござれば、そちらの十両を八森とそれがしの備えとさせていただきとう存じまする」

「おぬしたち、もしや五両金を持っておらなんだのか?」

「面目次第もありませぬ」

「不心得なことなれど、申し開きがあるならば聞かせよ」

「ははっ」

壮平は折り目正しく頭を下げた。

正道は袱紗から手を放し、膝を揃えて座り直す。

すかさず十蔵は小判を袱紗ごと、正道の前に押しやる。

それを横目に壮平は話を始めた。

「我ら両名の御役目は咎人が御府外《ごふがい》へ逃れる前に網を張り、取り逃がすことなく御縄にすることと心得おります」

「左様だの」

「つまりは御府内にて決着を付ければ路銀は不要、備えは無用と判じた次第でございまする」

「それだけか?」

正道が探るように問いかけた。

「有り体に申さば、五両もの大金を遊ばせておく余裕がございませぬ」

「俺たちにゃ付け届けも袖の下もありやせんからねぇ」

十蔵がさりげなく言い添えた。

「定廻なら役得もございやすし、臨時廻も昔馴染みの店を訪ねて廻りゃ五両がとこを揃えるのは朝飯前でございやしょうね」

「されど隠密廻は左様なわけには参りませぬ」

壮平も抜かりなく話を引き取った。

「されば是非に及ぶまい」

正道は得心した様子でつぶやくと、小判を袱紗に包み直す。

壮平が前に進み出た。

「ゆめゆめ死に金に致すでないぞ」

「しかと心得申しまする」

三

同心部屋に戻った十蔵と壮平は、何食わぬ顔で席に着いた。

懐には二人で分け合った五両が忍ばせてある。

咎人を追って旅に出る必要が生じるなど、九割九分はあり得ぬことだ。

ともあれ、扱いに困る大金の始末がついたのは幸いであった。


本日の探索は新川河岸の酒問屋が最後だった。

報告後に正道から新たに指図をされることもなかったため、後は退出する時分まで書類仕事をこなすのみだ。

定廻と臨時廻の同心たちは全員が市中見廻で出払っている。

書き物が一段落した十蔵は、火鉢に当たりながら一服した。

壮平は湯を沸かし、慣れた手付きで茶を淹れる。

十蔵は煙管の灰を落とし、飲み頃の煎茶を味わった。

「御庭番の部屋住みどもが、ようやっと屋敷に帰されたそうだぜ」

「そのようだな」

「腹ぁ切らせる代わりに寺籠《ごも》りで済ませなさるたぁ、御目付様も情け深えや」

「表沙汰に致し、御庭番家に傷がつくのを避けたのであろう」

「相良の影姫も咎め立てはしなかったんだな」

「帚木殿が不問に付すと仰せになられたとあらば、異を唱えるわけにも参るまい」

「誰も死人が出なくて幸いだったぜ」
「これも若様たちのおかげだの」
「あの連中もすっかり頼もしくなったよなぁ」
「南のお奉行も、さぞご安心のことであろう」
「北《うち》のお奉行はどうだろうな、壮さん」
「林肥後守もあれから手出しをして参らぬ故、今のところは大事あるまい」
「下手《へた》を打ったら肥後守も御役御免じゃすまねぇからな」
「御側御用取次ほど役得の多き御役目もない故な……お奉行に怒り心頭であろうとも大人しゅうするしかあるまいぞ」
「水野出羽守はどう出るかねぇ」
「上様付きの御小姓を務めし頃から豪気で知られた身なれど、策を弄することは得手《えて》ではあるまい」
「力押しで事に及ぶとなりゃ、家来任せにしねぇで出張ってくる手合いだな」
「弓馬《きゅうば》刀槍《とうそう》の腕前は、三人の中で一番であろう」
「残る一人は中野播磨守、だな」
「最も用心せねばならぬ相手ぞ、八森」

「分かってらぁな、壮さん」

「お奉行も油断はしておられまいが、いつ不意を衝かれるのか定かではない……策を弄するだけに留まらず、刺客を差し向けることもあり得よう」

「壮さんだったらどうするね？」

「そう言うおぬしは、如何に仕掛けるのだ」

「怪しまれねぇで二人っきりになれる時が来るのを待つだろうぜ」

「さもあろう。私も同じだ」

「とにかくお奉行を一人きりにさせねぇこった」

「内与力衆にさりげのう注意をしておこう」

「玄関番の連中にも、活を入れておかねぇとな」

「さすれば我らも御役目に専心できるというものぞ」

「壮さんはまた芝口かい」

「うむ」

「師走に入って、隠し賭場もますます繁盛しているこったろうな」

「世間の景気が悪うなるほど、手慰みは儲かる故な」

「いかさまをさせてる胴元《どうもと》が、だろ？」

「それと知らずに損を重ねる客は増える一方ぞ」

「手間ぁかかっても一軒ずつ、御目付筋に動いてもらって潰すしかあるめぇよ」

「そのための手証《てしょう》を揃えるのも、楽ではないぞ」

「若え頃は渡り中間になりすまして、あっちこっちの屋敷に潜り込んだよなぁ」

「あの頃なれば平気でこなせたことも、今は体がついて参らぬ」

「年寄りの冷や水はいけねぇぜ、壮さん」

「おぬしも無理は禁物ぞ、八森」

「せいぜい気をつけるさね」

「されば、もう一仕事済ませたら参るか」

「そうしようぜ」

十蔵は茶碗を乾すと腰を上げた。

壮平も茶器を手早く片付け、後に続く。

師走の西日が同心部屋の障子越しに差している。

再び机に向かった二人は書類仕事にかかりきり。

日が暮れるのを待って筆を措《お》き、夜の御用に出向く所存であった。

四

十蔵と壮平は昨年来の探索により、ある事実を確信していた。

華のお江戸の何処かに、報酬と引き換えに悪しき知恵を授ける輩が蠢いている。

詐術《さじゅつ》によって金を奪う、騙りの事件に絡んだ話だ。

これまでに二人が御縄にしてきた騙りの咎人どもには、起こした事件に見合うほどの知恵の無い者が実に多い。

自力で考えつかないはずの手口を如何にして思い付き、成功させるに至ったのかが判然としないのだ。

取り調べを吟味方与力に任せている限り、真相は明らかにされまい。

与力の御役目は咎人に罪を認めさせ、刑に処すだけである。

事件を起こしたことさえ自供すれば、裏で関与した者の存在を暴き出し、召し捕るまでには及ばない。

正道も以前と違って真摯に御用に取り組んではいるものの、成功させた悪事の儲けの上前《うわまえ》を撥ねる一味が跳梁《ちょうりょう》しているとまでは見なしていない。

しかし、その一味はたしかに存在する。

頭目は杉本茂十郎。十組問屋の肝煎にして三橋会所の頭取は裏で悪知恵を売るのみならず、騙りに必要な人手を提供して手間賃を取り、場所を用意して損両を取る。定飛脚問屋の婿養子のままでは得られなかった人脈を持ち、二つの事業体を取り仕切る立場を悪用して人を動員し、物を調達する裏稼ぎで富を得ているのだ。

「……今日こそ吐かせてやるぜ」

声を低めてひとりごち、十蔵は歩き出す。

北町奉行所を後にして、向かった先は茅場町の大《おお》番屋。

「ご苦労さん」

障子戸を開いて中に入り、番人の労をねぎらう。

蠟燭《ろうそく》の明るい光も届かぬ奥には牢格子が組まれ、幾人もの男女が留置されていた。

大番屋は町々に設けられた自身番屋よりも構えが大きい、牢を備えた番屋である。

罪を犯した者は住んでいる町の自身番屋から大番屋、小伝馬町牢屋敷と順を追って身柄を送られ、牢屋敷に入牢した上で町奉行所に連行されて取り調べを受け、裁きを下される運びとなる。

「よぉ、東吉《とうきち》」

十蔵が会いに来たのは五日前に自ら召し捕り、大番屋入りをさせた男。

一見すると実直そうな三十男は、腹の底まで腐りきった手合いの一人。

根も葉もない儲け話を言葉巧みに持ちかけ、百両近くを荒稼ぎした騙り屋だった。

牢から出された東吉は、大番屋の中央に座らされた。

大番屋の牢は奥に加えて側面にも設けられ、取り調べの最中も牢格子の向こうから常に視線を向けられる。

穿鑿所《せんさくじょ》と称する尋問部屋が設置された小伝馬町牢屋敷ではあり得ない、文字どおりの衆人環視の中で受ける取り調べは嫌な緊張感を伴うものだった。

しかし、十蔵が行ったのは通り一遍の尋問ではない。

「どうした東吉、昨日より顔色が悪いじゃねぇか」

「…………」

「ああ、間違えちまったぜ。悪いのはお前さんの面だったたな」

黙して答えぬ東吉に、十蔵はにやりと笑いかける。

「品も糞もありゃしねぇ面ぁしてるって、町じゅうの者が言ってたぜ。お前の家にゃ鏡ってもんが無かったのかい？」

「…………」

「教えてくれよ。そんなに頭が悪いのに、どうして金儲けができると思ったんだ」

口を閉ざしたままの相手に十蔵が浴びせるのは、東吉自身がカモにしてきた人々を罵倒してきた悪口雑言《あっこうぞうごん》だ。

東吉を追い込んだのは、吐いた唾を飲まされるに等しい責め言葉だけではない。

牢格子越しに向けられる視線は、冷ややかになるばかり。

あくどい騙りを重ねる東吉の手先に使われ、嫌気がさして逃げようとしたために半殺しにされた女が先頃まで、この牢に入っていたのである。

行き倒れていた女を保護した十蔵は小伝馬町送りにする前に大番屋に留置し、怪我の治療をさせながら話を余さず訊き出して、主犯の東吉を召し捕ったのだ。

番屋でありながら牢を備えた大番屋の役割は、小伝馬町送りにする前に取り調べを行うことで冤罪《えんざい》を防ぎ、有罪であっても情状酌量の余地があれば見出すこと。

この大番屋での取り調べは与力に限らず、同心にも行うことが認められている。

東吉の手先にされていた女は、十蔵の配慮によって救われたのだ。

しかし、十蔵も東吉にまで情けを掛けるつもりはない。

責め始めてから、今日で五日目。

そろそろ限界なのは、顔色を見れば分かる。

知恵を借りた茂十郎の名前を白状させた後は、速やかに小伝馬町送りにするつもりであった。

ひとたび牢屋敷に身柄を送られれば、自白するまで厳しい尋問が繰り返される。

町奉行が直々に受け持つ初回の取り調べはまだしも二回目以降の与力による尋問は苛烈《かれつ》であり、往生際《おうじょうぎわ》の悪い者は御法の上では拷問《ごうもん》に該当しない笞《むち》打ち、石抱き、海老責めを受ける。この痛め吟味でも音《ね》を上げなければ老中の許可の下で実行される吊り責めによって、足腰が立たなくなるのが常だった。

罪を認めた後も、楽になれるわけではない。

雑居房である牢そのものが、地獄に等しい場所であった。

「お前の行く先は二間牢だ。無宿の定めと諦めな」

青ざめてきた東吉を見返して、十蔵は冷たく笑う。

江戸は無宿人に厳しいようで、意外と甘いところがある。

金を稼いで店賃をきちんと納める者は町の一員と認められ、居着いた借家の差配が身許を引き受ける。そうなれば国許で人別（戸籍）から外されていても無宿人として扱われることもない。

悪銭の力で得た恩恵も、罪に問われれば即座に吹っ飛ぶ。

小伝馬町牢屋敷の二間牢は、無宿人専用の雑居房。

口先三寸で荒稼ぎを重ねた東吉のような男には、痛め吟味にも増して苛酷な私刑が待っているのだ。

「一つだけいいことを教えておこうかね。獄衣に着替えさせられる前にゃ命のツルを隠しとくのを忘れるんじゃねぇぜ。糞野郎のお前は一朱金《いっしゅきん》を尻の穴に入るだけ詰めていくのがよかろうぜ」

「……旦那、いつまでこんなことをしようってんですか？」

「決まってんだろ。お前が肝心要《かんじんかなめ》のとこを吐いてからだよ」

「…………」

「答えは分かってらぁな。それを承知で、お前の口から聞かせてもらいてぇんだ」

「ご勘弁くださいやし、旦那ぁ」

「哀れっぽい声を上げてんじゃねぇよ。この糞野郎」

「……くんなさい」

「ん？」

「お耳を貸しておくんなさい」

十蔵が望んだ答えを、東吉は震えながらも耳元でささやいた。

その頃、壮平は深川まで足を運んでいた。

大川を越える際、渡ったのは新大橋。

右手に見える運河は小名木川《おなぎがわ》だ。

更に右へ道を辿ると、仙台堀川《せんだいぼりがわ》の河岸に出る。

二本の運河を越えた先は寺町だ。

壮平が訪れたのは、手前から五つ目の心行寺《しんぎょうじ》。

増上寺の末寺として八丁堀に創立され、深川に移った心行寺は、壮平の亡き師匠である工藤平助《へいすけ》が葬られた菩提寺だ。

平助の命日は師走の十日。月が明けて早々の墓参りは早すぎると言えようが、人目を避けて足を運び、在りし日を偲ぶには良き頃合いであった。

今年も壮平は恩師の墓前に独り立ち、謹んで手を合わせる。

線香の煙が漂う中、背後から足音が近付いてきた。

「壮平さん」

恩師の墓前に現れたのは一人の御殿女中。

平助の四女のたえ子である。福井三十万石の松平家に奉公して上屋敷に詰め、正室を側近くで支える立場であった。

年に一度の墓参りは、二人にとっては秘密の逢瀬。

季節外れの織姫と彦星の如く、忍び逢う仲だった。


日が沈んだ空の下、一艘の猪牙が大川を遡っていた。

新大橋の下を抜け、漕ぎ進む先に見えてきたのは両国橋。

茂吉は巧みに櫓を捌き、舳《へさき》を左に向けていく。

茂十郎は波の飛沫《しぶき》を気にすることなく、意気揚々と顔を上げていた。

「今日もご苦労だったねぇ、兄さん」

「何てことはないさね。お前さんこそ大した働きもんだよ」

「頭も体も生きてる内に使わにゃ損だからねぇ」

「そいつを怠けてる内は、まとまった金《もん》は摑めねぇわけだ」

「そういうことだよ」

笑顔で答える茂十郎に、後ろめたさは微塵もない。

十蔵の反撃が始まったことなど、まだ知る由もなかった。

五

芝口とは、後の世の浜松町《はままつちょう》のことである。

潮の香りが濃い夜風の中を、壮平は黙然と進みゆく。

羽二重《はぶたえ》が夜目にも鮮やかだった。

目が細かく織られた羽二重は見た目が良いだけでなく動きやすいが、皺になりがちなため着こなすのは難しい。

その黒羽二重を、壮平は自然に着こなしている。

金回りのよい浪人者を装ったのは、賭場に潜り込むためであった。

芝口の界隈には武家屋敷が多い。

仙台藩の上屋敷をはじめとする大名屋敷に旗本屋敷。当節の旗本は中間部屋で賭場を開くことを黙認し、寺銭《てらせん》の分け前に与ることを常としている。

そんな賭場に出入りする壮平の目的は二つある。

一つは十蔵に語ったように御目付による摘発に協力し、証拠を集めること。

いま一つは賭場に出入りする悪党だ。

手配書が出回っていようとも、丁半博打《ちょうはんばくち》の誘惑には耐え切れずに出没する。そこを逃がさずに取り押さえ、賭場まで摘発できれば一石二鳥だ。

若い頃には渡り中間になりすまし、内懐に入り込んだこともある。

齢を重ねた今はできないやり方だ。

老いと共に増した貫禄を活かした姿の壮平が芝口を足繁く訪れる裏には、三十年来の相方にして無二の友である十蔵にさえ明かせない、三つめの目的があった。


仙台藩の上屋敷に近い木立ちの向こうから、鋭い音が切れ切れに聞こえてきた。

斬り付ける敵の刃を鎬《しのぎ》で防ぎ、受け流す音である。

駆け付けた壮平の目に、旧知の男の顔が映じた。

「只野《ただの》殿っ」

「おぬしは壮平……」

「助太刀致す！」

驚く男に告げるなり、壮平は前に出た。

体の捌きで抜き打つ一刀が、下段を狙った凶刃を受け止める。

抜刀の技は、刀を抜きざまに斬るだけではない。

抜き付けの一刀を防具に替え、敵の攻めを凌ぐための技も存在するのだ。

「うっ」

体勢を崩した隙を逃さずに、壮平の返す刀が男を斬り伏せた。

「おのれっ」

怒号と共に迫る新手《あらて》は黒い覆面を着けていた。

狙う相手と同じ家中であるが故、面体を隠して闇討ちに及んだのだ。

対する壮平は深編笠を脱ぎ捨てて、端整な顔を露わにしている。

顔を見られたところで、動じるには及ばない。

斬り尽くせば済むことだからだ。

壮平の刀が続けざまに敵を斬る。

只野と呼ばれた男も反撃に打って出た。

この男、只野伊賀《いが》の本名は行義《ゆきよし》という。

伊達家は家中の主だった士に知行地を与え、陪臣の藩士でありながら将軍家御直参の旗本と同様に領民を養わせ、年貢を直に徴収させていた。

只野家は藩祖の独眼竜こと政宗《まさむね》の代から続く家柄で、石高は千二百石。

千石取りの大身旗本に匹敵する、堂々たる殿様であった。

その当主である只野伊賀は、当年二十八の嫡男を持つ身。

白髪の目立つ年ながらも壮健で、剣の業前は若い者に引けを取らない。

とはいえ多勢に無勢では、長くは保《も》たなかったであろう。

壮平が助太刀に入ったことにより、形勢は完全に逆転していた。

「お、おのれ……」

狼狽を隠せぬ頭目に壮平が迫る。

「うぬっ」

「…………」

負けじと振るう刀を打ち払うや、壮平は右手を空けた。

左手一本で己が刀を保持しながら抜き取ったのは、相手の脇差だ。

狙い澄まして繰り出す刃が、頭目の脾腹《ひばら》に突き刺さる。

くずおれようとするのを許すことなく、横一文字に腹を掻き切る。

「組頭様っ」

「おのれ！」

背後から二人の敵が壮平に迫る。

壮平は動じることなく向き直りざま、二人の敵を斬り捨てた。

「北の隠密廻が、伊達様ご家中の争いに合力《ごうりき》か……」

暗闘の繰り広げられる後方では、桔梗が破顔一笑していた。

かねてより桔梗は清茂の命を受け、十蔵と壮平の動向を探っていた。

十蔵が大番屋で東吉の尋問を重ねていたのは、すでに承知の上であった。

故に今宵は芝口へ赴いた壮平の後をつけ、この場を目撃するに至ったのだ——。

六

明くる日は朝から快晴だった。

「よぉ、壮さん」

「いつもながら早いな、八森」

十蔵と壮平は何事も無かったかのように、八丁堀の表通りで顔を合わせた。

「おぬし、何ぞよいことでもあったのか」

「へっ、話は同心部屋で聞いてくんねぇ」

足取りも軽く呉服橋の御門を潜った十蔵は、昨夜の内に東吉を小伝馬町の牢屋敷へ連行して入牢《にゅうろう》させた後だった。

自白に及んだ騙り屋は、茂十郎の悪事を暴くための貴重な生き証人。

二間牢で私刑が過ぎて命を落とす前に、決着を付ける所存であった。


北町奉行所の表門が見えてきた。

「あっ、八森様！」

十蔵を一目見るなり、六尺棒を手にした門番が声を上げた。

門番所から出てきた番士が駆け寄ってくる。

「八森殿、大ごとにござるぞっ」

「どうしたんだい。朝っぱらから？」

「これが落ち着いていられるものか」

「何が大ごとなんだか、はきと言ってくんな」

「貴公が小伝馬町送りにした男が死んだのだ……」

番士の言葉を耳にして、十蔵は絶句した。


その日の日暮れ際、一人の咎人が二間牢に入牢した。

「何でぇ、ずいぶん年を食った渡世人《とせいにん》が居たもんだな」

重ねた畳の上から見返す牢名主《ろうなぬし》は、江戸無宿の博徒あがりだ。

側近の添役《そえ》以下の面々も、無宿といえども江戸育ち。

同じ博徒でも街道筋の村々の出であれば、軽んじるのが常だった。

「じじいにキメ板は気の毒だ。命のツルさえ寄越せば負けてやるぜ」

「そうかい？　かっちけねぇ」

うそぶく牢名主に答える声は、歯切れのいい伝法なもの。

田舎博徒ではないと気づいた時には遅かった。

「東吉を殺りやがったのは誰の差し金でぇ。命が惜しけりゃ言いやがれ！」

咎人を装った十蔵が囚人どもを叩きのめし、牢名主を締め上げていたのと同じ頃。

「有り体に申せ、石出《いしで》」

「ご、ご無体な」

「無体とは吟味はおろか、入牢させた夜も明けぬ内に咎人を空《むな》しゅうさせるを見逃すことぞ」

「…………」

「御囚獄にまで手を回すことのできる大物が幾人も居るとは思わぬ。東吉殺しを指図しおったのは中野播磨守清茂……左様であろう？」

正道は牢屋奉行の石出帯刀《たてわき》を締め上げ、悪しき男の名を白状させていた。

真相が判明しても、表沙汰にするわけにはいかなかった。

中野播磨守清茂は、家斉が同胞に等しいと言うほどの大物だ。

老中でさえ手を出せぬ相手に、正面から立ち向かう術《すべ》は無い。

「お骨折りいただきながら相すみやせん、お先に失礼させていただきやす」

「八森……」

十蔵は正道に一礼し、悄然として牢屋敷を後にした。

友情違《たが》えまじ

一

失意のままに十蔵は家路を辿りゆく。

すでに夜は更けていた。

「久しぶりだな、十蔵さん」

師走の深い闇の中、呼びかける声がする。

「お前は……！」

「思い出してくれたかい？」

悠然と歩み寄ってくる船頭姿の男は、十蔵が命を救った捨て子であった。

しかし、なぜ茂十郎に似ているのか。

戸惑う十蔵に男は言った。

「今は茂吉って名前なんだよ」

「茂吉？」

「弟の幼名だよ。今は杉本茂十郎って名前の、双子の可愛い弟さね」

「それじゃ、てめぇは」

「命の恩人にすまねぇが、お前さんは赤の他人だ。血を分けた兄が弟に合力するのは当たり前だろ」

「ふざけるねぇ！」

平然とうそぶく茂吉に、十蔵は怒りのままに挑みかかった。

襟元を摑むと同時に、投げを打つ。

しかし、体勢を崩されたのは十蔵だった。

「ぐっ」

受け身も取れずに叩き付けられた十蔵を、茂吉は冷ややかに見下ろした。

「次は頭から落とすから、そのつもりでな」

「ま、待ちやがれっ」

「老い先短い体なんだから、大切にしなくちゃいけねぇよ」

投げ倒した十蔵にとどめを刺すことなく、茂吉は去っていった。

二

「北の隠密廻め。これで少しは懲りるであろうぞ」

中野家の屋敷では清茂が桔梗を相手に、晩酌の杯を傾けていた。

「お殿様、これからどうなさるんですか」

「備後守には気の毒なれど、引導を渡すしかあるまいの」

「まぁ」

「出過ぎた真似の報いぞ」

「私がやりましょうか？」

「いや、おぬしよりも適任の者が居るわ」

「何者ですか」

「和田壮平……おぬしが芝口で見たと申す、抜刀の手練じゃ」

「たしかに凄腕でしたけど、あれは北の隠密廻の片割れですよ？」

「案ずるには及ばぬ。身共には奥の手がある故な」

戸惑う桔梗に向かって告げる清茂は余裕綽々《しゃくしゃく》。

「雑作を掛けるが使いを頼むぞ。善は急げじゃ」

続けて命じる声の響きも、絶対の自信を孕んでいた。


「お帰りなさいませ、お前様」

帰宅した壮平を待っていたのは妻女の志津に託された、思わぬ使いの口上《こうじょう》だった。

「中野播磨守……だと」

「夜分に卒爾なれど火急の用向きなれば、との由にございまする」

「…………」

「お前様？」

「……大事ない。おぬしは先に休んでおれ」

案ずる老妻に微笑むと、壮平は自室に戻った。

刀の鞘を払い、荒砥《あらと》のかけらで軽く磨る。

相手が大物なのは百も承知だ。

しかし、誘いを掛けてきたとなれば是非も無い。

機があらば一刀の下に斬ることを辞さぬ覚悟だった。

三

「よく参ったの。楽に致せ」

奥の一室に通した壮平を、清茂は笑顔で迎え入れた。

庭先に控えさせての対面と思いきや、あっさりと奥まで通されたのだ。

しかも、刀を預けさせようともしない。

斬ってくれと言わんばかりに警戒をしていなかった。

「ご免」

壮平は作法どおり、膝を揃えた右脇に刀を置く。

左に持ち替え、体の捌きで抜き打つのは雑作も無い。

「齢を重ねても噂に違わぬ美形だの」

清茂は変わらず無警戒。

のみならず、問わず語りで思わぬことを言い出した。

「おぬしの来し方は、まことに苦労多きものであった」

「？」

「父は大通詞、母は丸山遊郭《まるやまゆうかく》が一の名花と謳われし喜世《きせ》」

「播磨守様」

「父は例によって出島《でじま》を去り、母はおぬしを独りで産んだ」

「…………」

「外見は日の本の童と変わらねど、異人が子は異人が子。郭内《くるわうち》に留め置きて、生涯を送らせるが習いであれば、外界を知らぬままに育った」

清茂の語る口調は澱みない。

その内容は見てきたかのように正確であった。

「辛き宿命に抗うため、学びし技は医術と剣。いずれも天与の才に恵まれど、初めて人を斬ったは十九の夏。諏訪大社《すわたいしゃ》の祭りの賑わいに背を向けて独りきり、東へ東へとひた走った」

「お止めくだされ、播磨守様」

「流浪《るろう》の旅路を生き延びて斬りし相手は数知れず。江戸は築地で力尽き、拾うた恩人は仙台藩にその人ありと知られし工藤平助……」

「播磨守様っ」

壮平は声を荒らげた。

それでも清茂は黙らない。

「晴れて門下に加われど、重ねし人斬りの業は絶えず、稀なる手練と知った工藤めは弟子という名の走狗《そうく》となした」

「止められい！」

壮平は更に声を荒らげた。

清茂が何をするつもりなのかに気づいたのだ。

これは言霊《ことだま》の術。

当人が気に掛けていることを、端的な言葉で、的確な頃合いで告げることによって暗示をかけるというものだ。

「斬るのだ壮平、身共が敵を」

「敵……にござるか」

「左様」

「どなたにござるか」

「永田備後守正道」

「備後守」

「北町奉行」

「北町」

「呉服橋御門内」

「呉服橋」

「疾く参れ」

「疾く参る」

「斬って捨てよ」

「斬って捨てる」

「おぬしも果てよ」

「私も果てる」

「楽になれ」

「楽に、なる……」

壮平の体がぐったりとなった。

清茂が莞爾《かんじ》と微笑んだ。

腰を上げ、上座から歩み寄ってくる。

近間に立った、その刹那《せつな》。

「うぬ！」

清茂は羽交《はが》い絞《じ》めにされていた。

「たばかりおったか、うぬ！」

「お騒ぎ召されるな」

壮平は冷ややかに言い渡す。

刃で貫き通すかの如く、鋭利な声だ。

それでも清茂は黙ってはいられない。

「み、身共の言霊が通じなんだのか……」

「そのようでござるな」

呆然とつぶやく清茂に、壮平は淡々と答えた。

「な、何故じゃ」

清茂が身をよじった。

日頃の落ち着き払った素振りは失せ、声まで震わせている。

平静を保てなくなったのも無理はない。

清茂は負けたのだ。

人の心を操る術によって壮平を虜にし、北町奉行を亡き者とする刺客に仕立てようとした企みを、脆《もろ》くも一蹴されてしまったのだ。

「まだお分かりになられぬのでござるか」

壮平は清茂と視線を合わせた。

「貴公が弄せし術はもとより悪しき心を持ち、悪行を為さんと欲する輩を操る役には立ち申そう。左様な愚か者どもを焚き付けて、己が一人では考えもつかぬ大事《だいじ》を引き起こさせるには、まことに申し分なき手管かと存じ申す」

「何が手管じゃ、根も葉もなきことをほざくでない」

図星を指されながらも、清茂は認めない。

「これはしたり。悪しき根が茂らせし毒の葉は、今が盛りでござり申そう」

「うぬ、何が言いたいのだ？」

「貴公が授けられし悪しき知恵が元手の裏稼ぎと申さば、お分かりではござろう」

「うぬっ……」

冷ややかに見返され、清茂は歯噛みする。

家斉より下賜《かし》された絹物を纏った清茂に対し、壮平は黒紋付に黄八丈。

御役目はもとより装いも、比べ物にならないほど格が違う。

にもかかわらず、清茂を見返す態度は堂々たるもの。

少年の頃から家斉の遊び相手を務め、今や将軍の御側仕えの中でも格別の存在として手厚く遇される相手に対し、些かも気後れをしていなかった。

四

廊下から入り乱れた足音が聞こえてきた。

家士が押っ取り刀で駆け付けたのだ。

「ご免っ」

廊下に面した障子が開け放たれる。

「殿？」

「おのれ慮外者《りよがいもの》！」

乗り込んできた家士は二人。

「お慌て召さるな、各々方」

壮平は清茂を突き飛ばしざま、一挙動で向き直る。

左膝を軸にしての回転だ。

壮平が若き日に銃創を負ったのは、左の肩と右の腿。

師の平助のために蝦夷地へ赴き、探索を行った道中でのことだった。

骨にまでは至らなかった傷も筋には及び、壮平は左の鞘引《さやび》きの妙技が失われたのみならず、立ち合いにおいて右足から踏み込むことが思うようにできなくなった。

されど、壮平の強さは未だ健在。

抜刀の生命は左の捌き。

若き日に抜刀鬼《ばっとうき》と呼ばれたのは、伊達ではないのだ。

「う！」

「ぐわ」

瞬く間に家士たちが倒れ伏した。

峰打ちに留めた刀に血は付いていない。

「次は斬りますぞ」

「ま、待て」

清茂は逃げられぬまま畳を這う。

壮平がじりじりと迫り来る。

「お命が大事ならば、向後のお手出しは無用に願い上ぐる」

「…………」

「その旨、ご朋輩のお二方にもお伝えくだされ」

「うぬ、肥後と出羽のことかっ」

「お察しならば話が早い。返答や如何に」

「だ、誰が首肯すると思うたかっ」

「ならばお命頂戴つかまつるまで」

壮平は一気に間合いを詰める。

手にした刀が閃《ひらめ》いた。

「お待ちなさいな」

告げる女の声と共に、上がったのは金属音。

小太刀を片手に割って入ったのは桔梗。

双子の姉と二人一役で大奥に奉公し、お美代の方を演じる片割れであることまでは壮平も預かり知らない。

しかし、その顔を目にしたのは二度目である。

「おぬし、播磨守が手の者であったのか」

「だったらどうだって言うんだい」

「ただの狐ではないと思うたが、案の定だったな」

壮平は去る霜月の市村座で、清茂と桔梗が同席しているのを垣間見た。

帚木の窮地を救ったのは、その日の夜のことである。

「邪魔立て致さば、おぬしも斬る」

「できるもんならやってみな」

桔梗は不敵にうそぶいた。

「あたしは知っているんだよ。お前さんがこっそりやっていることを」

「何を存じておると申すのだ」

「言わせたいのかい？」

「申すなと言うたところで聞く耳は持つまい」

「そりゃそうさ。この有様じゃ尚のことだよ」

桔梗は邪悪な笑みを浮かべて言った。

続く言葉は、更なる毒を孕んでいた。

「お前さん、こないだ工藤平助の娘と逢引をしていたね」

「…………」

「たえ子っていう四人目の娘だよ」

素性まで調べを付けられたらしい。

「安心しな。触れ廻る気はないよ」

桔梗は笑みを絶やさない。

「お前さんが定廻だったら江戸じゅうの噂にしてやって、表を歩けないようにしてやるんだけどね。町鑑にも名前が載らない隠密廻じゃ効き目はないだろ」

「されば何と致すのだ」

「人質になってもらうんだよ」

「うぬっ」

「足りなきゃ只野も付けようか？」

「伊達様のご家中を敵に回さば、播磨守も無事では済まぬぞ」

「口を慎みなよ。脅してんのはこっちなんだから」

「…………」

「お前さんが一等惚れていたのはたえ子の姉で、あや子っていう只野の後添いだろ」

桔梗邪悪な笑みを浮かべたままでうそぶいた。

「只野はいつ闇討ちされてもおかしくない立場のようだし、あたしが片付けてやったら喜ばれると思うんだけどね。違うかい？」

「…………」

「いつでも殺ることはできるんだよ」

「ま、待て」

壮平は堪らずに刀を引いた。

「勝負あったな」

清茂は勝ち誇りながら、そっと額の冷や汗を拭った。

五

「お前様、何となされましたのか」

志津は目を疑った。

帰宅した壮平の顔は土気色。

かつて目の当たりにしたことのない有様だ。

「大事ない……ちと休めば治ろうぞ」

「それこそ医者の不養生でございまする」

「大事ないと申しておろう」

「や、藪庵《やぶあん》先生をお呼びいたしましょう」

「私は工藤平助先生が門下の出ぞ。町医者の世話になるには及ばぬ」

「お前様……」

言葉を失う老妻をそのままに、壮平は気を失うように眠りに落ちた。

壮平の尋常ならざる振る舞いは、一夜で鎮まりはしなかった。

目撃したのは、隣の八森家で間借りをしている由蔵《よしぞう》だ。

八丁堀から程近い、昼下がりの馬喰町だった。

「和田の旦那……」

駆け寄ろうとした足が、思わず止まる。

壮平が漂わせていたのは鋭い殺気。

感じ取ったのは由蔵だけではなかった。

「驚きましたね。あの和田さんが」

「何だ、お前さん」

隣でつぶやく初老の男に、由蔵はすかさず嚙み付いた。

「その先の公事宿の隠居ですよ」

「公事師なんぞに用はねぇよ」

「ははは、左様に言いなさんな」

男は立腹することもなく微笑んだ。

「お前さん、八森さんのお屋敷の間借り人だね」

「そういうあんたは何者だい」

「隠居だって言ったでしょう。名乗るまでもありませんよ」

この男は、武陽隠士《ぶよういんし》の名で著した『世事見聞録《せじけんぶんろく》』で知られる人物。

南町奉行の鎮衛とは昔馴染みの、元は二本差しであった。


壮平が向かった先は刀屋だった。

選んだのは、定寸より長めの脇差。

大脇差と呼ぶには寸が詰まっているが、黄八丈に黒紋付を重ねた姿で帯びる一振りと比べれば、得物と呼ぶに申し分ない。

「あの古刀を求めたか。流石は目利きだね」

「あんたも目を付けてたのかい」

「先を越されてしまったねぇ」

とぼけながらも、店先から壮平に向けた視線に隙は無い。

気取られることなく、由蔵を促して去っていく。

武陽隠士は公事宿の入り婿となる以前、武士であったと言われている。

六

「よく教えてくれたな、由の字」

急ぎ注進に及んだ由蔵に十蔵は礼を述べた。

菜飯売りを装って探索中のところを、運よく捕まえられたのだ。

「どういうことなんですかねぇ、八森の旦那」

客になりすました由蔵は、盛られた菜飯を立ち食いしながら小声で問う。

「抜刀の鬼が頭をもたげたのさね」

「あの和田の旦那が、鬼ですかい」

「壮さんの中に眠ってたやつのこったよ」

由蔵は訳が分からない。

彼が知る壮平は、手練なれど温厚な質。

とはいえ、先程の殺気は思い出すだに震えが来る鋭さであった。

由蔵と別れた十蔵は北町奉行所へ走った。

折しも正道は下城したばかりだった。

壮平はここ数日、同心の姿で出歩いてばかりいる。

案じられるばかりだが、今は不在で幸いだった。

「お奉行、性根を据えて聞いてくだせぇ」

十蔵は意を決して正道に切り出した。

「和田が身共を狙うておる……だと？」

「こうまで様子がおかしい理由が、他に思い当たらねぇんですよ」

「播磨守の差し金か」

「そうに違いありやせんがね、突き止めなきゃならねぇのは壮さんを動かしたネタでございやすよ」

「何ぞ枷《かせ》を掛けられたか」

「人質、ですかね」

「心当たりはあるか、八森」

「志津さんじゃねぇとすりゃ、昔の馴染みでござんしょう」

「されば疾く突き止めよ」

「お任せくだせぇ」

長年の相棒の苦衷《くちゅう》に気付かぬ十蔵ではない。

壮平が口に出せずにいる苦境の裏を探り出し、狙われた当人の正道と共に乗り切る所存であった。

七

文化八年も今日を限りの大晦日《おおみそか》。

寒空に日が沈み、夜の帳が下りても商家の掛け取りは終わらない。町人地ばかりか武家地でも帳面を手にした男たちが駆け巡り、払いが工面できない家々は息を潜めて居留守を決め込むだけでは済まされず、泣き落としに開き直りと騒々しい。

喧騒《けんそう》と共に大つごもりの夜が更けゆく中、八丁堀は神妙な雰囲気が漂っていた。

提灯を手にして通りを往くのは同心たち。

尋ねる先は直属の上司である与力の組屋敷だ。

南北の町奉行所に勤める同心たちは、大晦日の夜になっても気が抜けない。

町方同心は公には一代だけの抱席《かかえせき》、それも一年限りとされているが、廻方をはじめとする武官の番方はもとより、役方と呼ばれる文官も親から子に受け継がれる、代々の経験が必要とされる御役目だ。

そこで大晦日には上役との面談が行われ、次の年も御役を申し付けると口頭で伝えられるのが習いとされた。

夜になってから行われるのは、公の決まりに反するが故だ。

町奉行所の不正に目を光らせている目付筋も委細を承知の上で関与せず、市中の民も不慣れな者が御役目に就いてしまっては自分たちが困るため、文句を付けることはなかったが形だけでも人目を避ける態にして、公然の秘密であることを暗に示すのが毎年のことであった。

「よぉ、飯尾《いいお》はこれからかい？」

「ご苦労様です、宇田《うだ》さん」

「ほんとにご苦労なこったぜ。決まり文句を交わすだけで妙に肩が凝りやがる。後を任せる倅《せがれ》が居れば案ずるにゃ及ばねぇんだろうが、俺みてぇに古女房と二人きりだと同心株をそろそろ手放すようにって、肩ぁ叩かれることもあるからな……」

通りの角で言葉を交わすのは、南町奉行所で蹲《つくばい》同心を務める二人組。

昨年の暮れに御先手組から北町奉行所へ異動となった田山雷太は、こたびが二度目のこととなる。

廻方の面談を行うのは同心たちが個々に属する、一番組から五番組の組与力だ。形だけの面談とは言うものの、絶対という保障はない。蹲同心の宇田のような年配の者に限らず、未熟な若手も進んで御役目から退《しりぞ》くように促されることが絶対にないとは言い切れぬからだ。

一時は御役目を全くこなせず、真剣に進退を考える必要に迫られた雷太も大先輩の十蔵と壮平の指導の甲斐あって一人前になってはきたが、未だ万全とは言い難い。

不安を覚えながら夜道を往く雷太の前を、見慣れた白髪頭が横切った。

「和田さん?」

雷太に気づくことなく、壮平は歩き去った。

黄八丈に黒紋付を重ねて大小の二刀を帯びる廻方に定番の装いも、日頃は十蔵と共に探索御用で身なりを変えるのが常であるだけに、かえって新鮮に見える。

同じ黄八丈でも文字どおりの黄色ではなく、十蔵は茶、壮平は黒と染めが渋いものが似合う辺りは流石の貫禄だ。

だが、この妙な気配は何であろう。

すれ違った際に覚えた、抜き打ちに斬られたかのような感覚は何だったのか。

壮平の背中を見送る雷太の頰を、汗が伝って落ちていく。

黒紋付を巻き羽織にするのが習いの廻方の同心は、大小の二刀の鞘が裾に隠されることがない。

今宵の壮平が帯びた脇差は、雷太には常より長めのように見えた。


呉服橋の御門を抜けた壮平は、北町奉行所の前に立つ。

与力の配下に属さぬ隠密廻の面談は、町奉行が直に受け持つこととなる。今年最後の勤めを終えて退出した奉行所に壮平が戻ってきたのもそのためだ。

表門の潜り戸を通り、敷石を踏み締めて向かった先は奉行の役宅。

「和田殿、御役目大儀にござるな」

「痛み入る」

労をねぎらう玄関番の小峰に礼を返すと、壮平は刀を差し出した。

黒鞘の一振りは、いつも腰にしている定寸刀《じょうすんとう》。

どのみち奥には持ち込めぬ以上、この一刀に出番は無かった。

「しかとお預かり致す」

刀を受け取る小峰は、壮平の脇差が常より長めであることに気づかない。

役宅には内与力など正道の家中の者たちも詰めていたが、隠密廻の二人に対しては警戒をすることもない。

まして年に一度の面談となれば遠慮をするため、邪魔が入る恐れは皆無。

廊下を渡り、役宅の奥へと向かう壮平は無表情。

この廊下を生きて再び渡ることはない。

正道の命を絶った刃で腹を切り、その場にて果てる所存だった。


「和田にござり申す」

「入れ」

障子越しの訪いに、正道はいつもと変わらぬ様子で答えた。

敷居際にて一礼した壮平は障子を開き、重ねて白髪頭を下げる。

頭を下げたまま、部屋の内外《うちそと》に気を巡らせる。

役宅の奥に位置する正道の私室は、北町奉行としての執務の場を兼ねている。官舎として造られたものだけに華美な装飾の無い、書院造の落ち着いた一室だ。

「今年も大儀であったの」

上座から声をかけてくる正道は正装であった。

袴も半袴ではなく、御白洲に出座する時と同じ長袴だ。裾の捌きが手間であるにもかかわらず、面談のためにわざわざ着替えたらしかった。

「恐れ入り申す」

壮平は深々と頭を下げて、謝意を示した。

礼をするために目まで伏せても、気を巡らせることは忘れない。

部屋の中に潜んだ者の気配はなく、天井裏にも気配はなかった。

壮平は伏せていた目を前に向けた。

下げた頭がそのままでも、両の眼を僅かに動かしただけである。

上座の正道は脇息《きょうそく》を用いることなく、折り目正しく両の膝を揃えていた。

（まさに別人の如く変わられたものぞ）

壮平は胸の内で感慨を込めてつぶやいた。

脇息は目下の者と接する際も使用せず、座した後ろに置くのが作法だが、着任した当初の正道はわざとらしく肘をついたまま十蔵と壮平の報告を聞くのが常で、機嫌が悪い時は前に置き、だらしなく寄りかかっていたものだ。

あの頃の正道を斬らざるを得なくなったとしても、これほど思い悩みはしなかったことだろう。一命を以て償うべく後を追おうなどとは考えず、切腹したと見せかけて素知らぬ振りをしたに違いない。

胸の内でつぶやく詫び言に、もとより正道が気づくはずもない。

（お許しくだされ）

「明くる年も、しかと頼むぞ」

締めの一言を耳にした刹那、壮平は上体を起こした。

鯉口を切り、体の捌きで抜き放つ脇差の刃長《はちょう》は一尺六寸五分。

定寸の脇差よりも一寸五分——約四・五センチ長い一振りは、戦国乱世の末の作と目《もく》される数打ちだ。

合戦の趨勢《すうせい》が揃えた兵と鉄砲の数で左右される時代を迎え、質より量が求められた注文に応じるために、複数の刀匠《とうしょう》が同じ銘《めい》を用いて量産された数打ちからは、稀《まれ》に上出来な刀や脇差が見つかることがある。流れ作業に加わる刀匠の技量や使用された鋼《はがね》の質、火床《ほど》の熱や焼き入れの温度の加減といった条件が図らずも揃い、思わぬ名刀が生まれることがあり得たのだ。

壮平が馬喰町の刀屋で見出したのは、そうした稀なる一振りだった。

元は刀でも二尺少々、徒歩《かち》武者が腰にするのに邪魔にならないように寸が詰まっていたのを、更に磨《す》り上げて脇差としたものだ。上出来とはいえ名のある刀匠が単独で鍛えたわけではなく、磨り上げ物の常で茎《なかご》が切断されて銘が残っていないため、払いは清茂が寄越した手付の金で事足りた。

脇差に生まれ変わっても重厚な一振りは、精妙な手の内《うち》と鞘引《さやび》きを駆使した抜刀の術には不向きだが、体の捌きで抜き打つ壮平にはよく馴染む。

左肩に負った傷が腕の動きを妨げても、足腰に支障はない。

「和田っ」

正道が驚きの声を上げる中、壮平は一気に間合いを詰める。

老いても萎《な》えぬ左足が五体を前へ送ると共に、重ねの厚い刀身が露わになる。

その瞬間、壮平の視界が遮られた。

翻《ひるがえ》ったのは長袴。

正道が後転《こうてん》した勢いの為せる業《わざ》だ。

以前より引き締まってきたとはいえ、正道の体は肥えている。

若い頃から嗜《たしな》んできた能の下地が活きたのか、足元を蹴って跳ぶ動きは存外に俊《しゅん》敏《びん》だったが、軽業《かるわざ》のようにはいかない。跳び越えることができたのも自身が座っていた畳一枚だけである。

思わぬ目くらましに初太刀こそ阻まれた壮平だが、返す刃を横一文字に振るった霞《かすみ》斬《ぎ》りは長袴の裾を断ち、正道の足袋のこはぜが弾け飛ぶ。

「お覚悟」

壮平は言葉少なに言い渡し、煌めく刃を正道に向けた。

脇差は右手一本で用いる得物である。刀を振るう際には軸となる左の手が不自由であっても大事ない。

正道は後ろに飛んだ勢いが余ってか、畳に仰向けになったままだった。短くなった袴の裾に血は染み出ておらず、未だ傷を負ってはいないと分かる。

壮平は無言で間合いを詰めた。

正道が背面跳びで越えた畳を右、左と踏んで前に出る。

その足元が、不意に揺らいだ。

畳が下から持ち上がり、十蔵が現れた。

「八森！」

畳ごと放り投げられながら放った、壮平の怒号《どごう》は驚愕《きょうがく》交じり。

縁の下、それも肥満体の正道が座した真下に潜んでいては気取れぬはずだ。

しかし、ここで退くわけにはいかなかった。

人質に取られた二人の命は、正道と引き換えにしなければ救えない。

救出に動けば見つける前に殺すと釘を刺されて動きを封じられ、今日を迎えた壮平にできるのは、北町奉行の一命を頂戴することだけなのだ――。

十蔵が縁の下から全身を現した。

纏っていたのは紺木綿の捕物装束。

籠手《こて》と脛当《すねあて》で手足の護りを固め、胸元から覗くのは鎖帷子《くさりかたびら》。白髪頭に巻いた鉢巻きには鎖が仕込まれ、頭の鉢を割られぬ備えとなっている。番方の華である廻方の同心となって三十余年の日々の中、馴染んで久しい装束だ。

この装束を着けた者、しかも三十年来の相方と戦うことになろうとは――。

仁王立ちになった十蔵を、壮平は負けじと見返した。

自分と共に投げられた畳を踏み締めて態勢を立て直し、右手の脇差を前に向ける。

十蔵は丸腰だった。廻方の同心が捕物の際にのみ用いる長《なが》十手はもとより、刃引《び》きの一振りも腰にはしていない。

「丸腰で私に敵うと思うたか、八森っ」

「やってみるかい」

告げる口調は不敵だった。

もはや相方ではなく、召し捕るべき賊としか見なしていないのだろう。

「舐めるでない！」

壮平は怒号と共に斬りかかる。

肉厚の刀身が十蔵に迫る。

物打《ものうち》が届く寸前、万力鎖が唸りを上げた。

斬り付けを阻んだ機を逃さず、十蔵が壮平に組み付いた。

万力鎖はまとめれば手のひらに載るほどの隠し武器だ。

江戸三座の芝居小屋で町人を装っても携帯できる短い鎖は、鉤縄《かぎなわ》のように遠間から繰り出すことができぬため、自ずと近間での攻防となる。

身の丈こそ同じでも、体格は老いても逞しい十蔵が上を行く。

仰向けに倒れ込んだ壮平の手から、十蔵は脇差を奪い取る。

「勝負合ったの」

歩み寄ってきた正道が、ぼそりと告げる。

長袴の裾を裂かれた上に、肩衣《かたぎぬ》は左右のいずれも撓《たわ》んでいた。

「お奉行……」

「久方ぶりに跳んでみたが、稽古を重ねても若い頃のようには参らぬのう」

「稽古……？」

「播磨守がおぬしに無理を強いたことは、先刻承知ぞ」

「されば、お奉行は」

「上様の覚え目出度き中野播磨守と正面切って争うわけには参らぬが、裏をかくのは身共の勝手。抜刀の鬼と呼ばれし和田壮平まで退けたとなれば、あやつも容易に次の手は打てまい」

「そういうこったぜ、壮さん」

壮平に馬乗りになったままでいた十蔵が、にっと笑う。

「人質のことなら心配は要らねぇよ。あや子様の旦那の只野さんはもちろん、たえ子様もご無事でいなさるぜ」

「おぬしが救うてくれたのか」

「南の番外連中にも手を貸してもらったよ。播磨守とつるんで只野さんを始末しようとしてやがった仙台藩の奴らを締め上げて、居場所を吐かせたのは俺だがな」

「かたじけない……」

「ほら、起きなよ」

恥じて横を向く壮平を、上から降りた十蔵が引っ張り起こした。

「俺たちの付き合いは御役目の上だけじゃねぇ。女房同士の仲がいいのにあやかって交誼《こうぎ》を結んだ、三十年来の友達《だち》でもあったはずだぜ」

「私のことをまだ、友と思うてくれるのか？」

「当たり前だろ。そうでなけりゃ、ぜんぶ志津さんにばらしちまってたよ」

「そ、それはならぬぞ」

「分かってらぁな。埋め合わせに、せいぜい女房孝行をするがよかろうぜ」

「何から何まで面目ない……」

明るく告げる十蔵に、今は謝するばかりの壮平だった。

帰り来たのは

一

十蔵と壮平は逆襲に転じるため、茂十郎の身辺に目を光らせた。

寒さが身に堪える。

寒がりの十蔵にとっては尚のことだ。

しかし、今は急を要する時である。

黒幕の清茂に手を出せぬ以上、打つ手は一つ。

茂十郎が悪党に知恵を授ける前に割り込み、片っ端から御縄にするのだ。

動かぬ現場を押さえた上で茂十郎も一網打尽《いちもうだじん》にできれば申し分あるまいが、そうは問屋が卸すまい。

一気に本丸を攻め落とすのが至難となれば、出丸を一つずつ落としていくより他にあるまい。

十蔵と壮平が御縄にしたのは、かねてより騙りで荒稼ぎをしていた小悪党どもだけではない。

「お前さん、杉本茂十郎から妙な入れ知恵をされちゃいねぇかい」

「お言葉ですが、左様なことはございませぬ！」

「あーうるせぇ。後ろ暗い奴ほど声はでかくなるもんだぜ」

今日も十蔵はまた一人、茂十郎の誘いに乗ろうとしていた男を問い詰めていく。

十組問屋の肝煎にして三橋会所の頭取である以上、茂十郎は世間体を重んじざるを得ない身だ。

悪事指南の裏稼ぎで儲けたいのは山々でも、退散するより他にあるまい。

十蔵と壮平が縄を打つ相手は、知恵を借りねば大きな事件を起こせぬ小物ばかり。

いくら捕えても大した手柄にならないが、左様なことは二の次だ――。

二

十蔵と壮平の地道な努力は功を奏した。

悪事を働かせる客を根こそぎにされ、茂十郎の裏稼ぎが成り立たなくなったのだ。

もはや清茂の知恵を拝借しても、求める者が居ないのだ。

「おぬしとの付き合いもこれまでだの」

茂十郎は呼び出されるなり、冷然とした面持ちの清茂から言い渡された。

「な、何を仰せになられますので」

「二度まで申さぬ。早う去れ」

「…………」

茂十郎は肩を落として、中野家の屋敷を後にした。

去って行くのを見届けた桔梗、何故か不安を禁じ得ない。

「よろしいんですか、お殿様」

「何がじゃ、桔梗」

注進されても清茂は平然としている。

「あの盆暗、自棄《やけ》を起こして喋っちまうかもしれませんよ」

「左様な短慮《たんりよ》で身を亡ぼすことはすまい」

「それならよろしいんですけどね」

「大事ない故、そろそろ綾女と代わってやれ」

「はい」

桔梗は一転して微笑んだ。

双子の姉は腕こそ立つが、女としては当てにならない。

やはり上様を虜にするのは自分だと、桔梗は決意を新たにしていた。

三

茂十郎は大川を遡る猪牙の上で、茫然《ぼうぜん》と前を見ていた。

舳の飛沫に濡れながら、虚《うつ》ろな目をしているばかりだ。

櫓を押しながら茂吉が切り出したのは、そんな弟を見かねての話だった。

「しっかりしな。この機に裏の稼ぎは止めるんだ」

「兄さん……」

「三橋会所の頭取様がへたれちまったら、あの橋もこの橋も保たないぜ？」

「そりゃいけないよ。永代橋の事故《こと》は、二度と繰り返しちゃいけないんだ」

「それそれ、その意気だ」

茂吉は明るく笑って見せる。

「ありがとう、兄さん」

「しっかりやんなよ。俺が居なくなってもな」

「どういうことだい？」

「けじめは付けなきゃならねぇってことだよ」

「兄さん……」

「十蔵は俺が殺る。任せておきな」

「本気かい？」

「ここで性根を据えねぇで、いつ腹を括ればいいんだい」

「今動いたら、御用風《ごようかぜ》を喰らうのは兄さんなんだよっ」

「構わねぇさ」

「そんな……」

「俺はもとより人別帳から外された身の上だ。そこに戻ればいいだけさね」

「兄さん」

「後のことは頼んだぜ」

船着き場に下ろした茂十郎に手を振って、茂吉はそのまま漕ぎ去った。

四

十蔵に茂吉の文が届いたのは、その日の夜のことだった。

「両神山で待つ……か」

「八森、どうあっても独りで参るのか」

「当たり前さね。そうしなけりゃ野郎も手を出してこねぇだろ？」

「召し捕った上で吟味によって追い込むこともできようぞ」

「あいつが口を割るはずがあるめぇよ。痛め吟味どころか責め問いにかけたって無理なこったろうよ」

「む……」

「行かせてくんな、壮さん」

十蔵は吹っ切れた様子で言った。

「捨て子だったあいつを拾って生かしたのは、この俺だ。そのけじめってもんを付けなきゃならねぇ」

「八森……」

「もとより弟夫婦にゃ何の落ち度もありゃしねぇ。不肖の兄貴に押し付けられた捨て子を大事に育てただけで、悪党に仕立てようなんざ考えてもいなかったんだからな」

「左様なことは分かっておる」

「くれぐれも咎めねぇでくれって、壮さんからもお奉行に言ってくんな」

「しかと心得た」

「かっちけねぇ」

十蔵は笑顔で礼を述べた。

「さて、そろそろ出向くとしようかね」

「世話になったな、壮さん」

「八森っ」

「お前さんが俺の相方で、ほんとに良かったぜ」

「八森……」

五

江戸を離れた十蔵が武州《ぶしゅう》から甲州《こうしゅう》を経て、向かった先は生まれ故郷の秩父の山地。

両神山は、さらに奥地の山である。

思い出深い山だった。

「源内のじじいさえ両神山に目を付けなけりゃ、俺が十手を握ることもなかったんだろうなぁ」

ぼやきながらも揺るぎない足の運びで、十蔵は進みゆく。

険しい山道をものともせず、頂上を目指す。

「よっと」

岩場に来ても怯むことなく、先へ先へと登りゆく。

「躑躅が咲く頃に来たかったなぁ」

汗に塗れた十蔵の顔は懐かしげ。

もとより土地勘は十分だ。

しかし、それは茂吉も同じこと。

避けられぬ決戦の時は、刻一刻と迫っていた。

「来てやったぜ、十蔵」

「おう」

十蔵は動じることなく、茂吉に向き直った。

山頂の空気は澄みきっている。

同時に凍てつくほどの寒さだったが、十蔵が震えることはない。

「いい顔をしてやがるなぁ……」

茂吉が思わずつぶやくほど、生き生きとしている。

少年の頃に見たのと変わらぬ笑顔であった。

と、十蔵の顔が引き締まった。

「どうした？　俺に引導を渡すんだろ」

「もとよりそのつもりだぜ」

負けじと茂吉は歯を剝いた。

「だったら迷わずにかかってきな。ほら、来いよ！」

追ってきた茂吉を十蔵は断崖絶壁で迎え撃った。

激しく渡り合いながら、二人は崖の下に転がり落ちていった。

六

大奥に戻った桔梗を予期せぬ危機が待ち受けていた。

「女狐め、往生せい」

刃を向けてきたのは柚香。

「ご冗談はお止めくだされ」

「化かし合いに付き合う気はない」

柚香は眦を決して言い放つ。

誰も駆け付けぬのは、人払いをされたが故なのか。

そうだとすれば、帚木が命じてのことに相違ない。

御中臈に戻った桔梗は丸腰だ。

すでに綾女は入れ替わって去った後。

「姉様!」

思わず声を上げた時、どっと柚香が倒れ伏す。

「姉様、どうして……」

「あたしたちは双子だよ。こういう時は伝わるもんさ」

「ありがとう」

「これで姉の務めを果たせたかねぇ」

「当たり前だろ。恩に着るよ」

「こっちこそ、独りにさせちまうけどよろしく頼むよ」

「独りでって、どういうことなの」

「あたしは江戸を離れるよ。八森十蔵を放っておけないんでね」

「ちょっと、何を言ってんだい」

「中野の殿様にお詫びを伝えておくれな」

「姉様っ」

「しっかりおやり」

綾女は迷わず走り出した。

柚香の命を奪わなかったのは、情けを掛けたが故ではない。

恋する殿御に思いを寄せて止まずにいるのは、自分も同じ。

そう思えばこそであった。

千代田の御城を抜け出した綾女は、思わぬ足止めを食わされた。

「待て」

和田壮平である。

壮平は、綾女と桔梗が双子であることを知らない。

もとより明かせぬ話である。

ならば斬り破るのみだ。

「お待ちなさい、和田さん」

二人を止めたのは、思わぬ人物だった。

「その方が今も播磨守の手先であれば、八森さんを空しゅうするために命を懸けることはしますまい」

「おぬし……」

「そのまま、そのまま」

武陽隠士は落ち着いた足の運びで近付いてきた。

「おぬし、いつの間に……」

「よろしいですか、和田さん」

呼びかける声も落ち着き払ったものである。

「目は口ほどに物を言うと申しますが、得物も然《しか》りでございますよ」

「左様か」

壮平は言葉少なに問い返す。

「左様にございます。貴方様のお刀も、そちら様の小太刀も」

微笑む顔は満足そうだった。

壮平の刀が反転し、綾女の首筋から離れた。

綾女も壮平の脾腹《ひばら》を突かんとした小太刀を納める。

「お二方とも見事な業前《わざまえ》、眼福《がんぷく》でございました」

武陽隠士は明るく微笑んで踵を返した。

七

綾女が駆け付けるのがいま少しでも遅ければ、十蔵は助からなかったことだろう。

しかし、安心してはいられない。

急流に沈みかけていたのを鈎縄で引き上げたものの、心の臓の鼓動は弱かった。

のみならず、五体が氷の如く冷えきっていた。

斯様な時にできることは一つしかない。

綾女は迷うことなく素裸になり、十蔵に寄り添った。

「しっかりしとくれよ、爺さん……」

生娘の恥じらいを滲ませながらも、我が身の熱で愛しい男を温める。

献身の甲斐あって、十蔵が目を覚ましたのは明け方だった。

「おい、しっかりしねぇかい！」

代わりに気を失ってしまった綾女を、十蔵は必死で揺さぶった。

「まだ男を知らねぇ体だな……」

そうと察しはしたものの、放っておいては目を覚ますまい。

意を決し、節くれ立った指を女体に這わせていく。

やがて肌に血の気が戻り、綾女は目を開いた。

「生殺しにしないでおくれな。あたしはもとよりそのつもりだよ……」

戸惑う十蔵を見上げて微笑み、綾女は諸腕を開くのだった。

八

年が明けた。

季節は巡り、すでに皐月《さつき》であった。

「八森？」

「よぉ、壮さん」

十蔵は何事も無かったかのように、北町奉行所に戻ってきた。

「あのおなごは、一緒ではないのか」

「ああ、野暮用があるんでな」

「野暮用？」

「直に戻るさね。俺んちにな」

「されば、おぬしたちは」

「この年で何なんだが、そういうことになっちまってなぁ……」

「所帯を持つことにしたんだよ。あの山の神さんとな」

「まことか」

「驚かれるのも無理はねぇが、どうか料簡してくんな」

「いや……もとより咎めるつもりはない」

壮平は訥々とつぶやいた。

綾女が十蔵に対して真剣であることは、刃を交えた時に察した。

十蔵が生き延びたのなら、いずれ共に戻ってくることだろうと信じていた。

しかし、まさか夫婦になるとは思わなかった。

「この年になって、恥もへったくれもねぇこったがな……」

「左様なことはあるまいぞ、八森」

「だったら、一緒にお奉行と会ってくれるかい」

「是非もない。されば参るか」

「合点だ」

久方ぶりの言葉を交わし、二人は同心部屋を後にする。

雷太をはじめとする若い面々が市中見廻で不在にしていたのは幸いであった。

「おぬし、皆に何と申し開きをする所存なのだ」

「そんなこたぁ、御役御免にされなかった時に考えればいいこったぜ」

「もしもの時は何とするのだ」

「もちろん何でもやるさね。かみさんと子どもを食わせるためにはな」

「子どもとな」

綾女は中野家の屋敷の奥で、下城したばかりの清茂と対峙《たいじ》していた。

「お久しぶりにございます、お殿様」

「おぬし、子を宿したか」

「はい」

「父親は」

「お殿様におかれましては、よくご存じかと」

「八森十蔵、か」

「お許しくださいますか」

「子が宿ったとなれば是非に及ばぬ。おぬしには恩義もある故な」

穏やかに告げる清茂に二心《ふたごころ》は感じられない。

「おぬしは桔梗……お美代の命を救うてくれた。身共が助けに参ることのままならぬ大奥での」

「お殿様……」

「大事に致せ。その身に宿りし命も」

静かに告げて綾女を帰した清茂は、子を作れぬ体であった。

少年だった家斉が木から落ちたのを救った弾みで陰嚢《いんのう》を枝に裂かれ、一命は取り留めるも子種が出なくなったのだ。

もとより十蔵に対し、男としての妬心《としん》はない。

されど野心は捨てられない。

今は決断すべきである。

次は家斉に術をかけるのだ。

お美代の方こと桔梗を寵愛し、ひいては小姓あがりの三《さん》羽烏《ばがらす》を重く用いるように。

「御覚悟くだされ、豊千代君《とよちよぎみ》」

家斉の幼名をつぶやいて、清茂は独り不敵に微笑んだ。

九

「見くびるでないぞ、八森」

十蔵の話を聞き終えるなり、正道は口調も鋭く言った。

肥満した体は目に見えて引き締まり、顔の贅肉も削ぎ落としたかのように減っていた。

「おぬしを御役御免にして、すぐに代わりが見つかるとでも思うておるのかっ」

「お奉行……」

「あれから南町の手を借りるばかりで、身共の面目は丸潰れだったのだぞ」

「そいつぁ申し訳ございやせん」

「衷心より左様に思うておるのか？」

「も、もちろんでございやす」

「されば明朝より出仕を致せ。今日だけは休ませてやる」

「か、かっちけねぇ」

「料簡したならば早う帰れ」

「へいっ」

「祝言を挙げるのも忘れるでないぞ」

十蔵に対する叱りの締めくくりに、正道はそう付け加えるのも忘れなかった。

十

「へぇ……ここがお前さんの家なんだね」

「お前の家にもなるのだぜ」

十蔵は綾女を伴って、組屋敷に帰ってきた。

屋敷内に通された綾女は、まず仏壇に向かって手を合わせた。

祀《まつ》られた位牌《いはい》は亡き義父の軍兵衛《ぐんべえ》と、妻女の七重。

共に手を合わせる十蔵に、綾女はそっと寄り添う。

そのとたん、七重の位牌が倒れた。

「ひ！」

「安心しな、ただの風さね」

怯える綾女を落ち着かせ、十蔵は位牌を元に戻す。

「お前が逝って十年目の後添《ぞ》えだ。料簡してくんな」

節くれ立った指でそっと撫し、小声で詫びる十蔵だった。

時代小説

二見時代小説文庫

北町《きたまち》の爺様《じいさま》3 友情違《ゆうじょうたが》えまじ

二〇二三年 六 月 二十五日 初版発行

著者 牧《まき》 秀彦《ひでひこ》

発行所 株式会社 二見書房
〒一〇一-八四〇五
東京都千代田区神田三崎町二-一八-一一
電話 〇三-三五一五-二三一一［営業］
〇三-三五一五-二三一三［編集］
振替 〇〇一七〇-四-二六三九

印刷 株式会社 堀内印刷所
製本 株式会社 村上製本所

落丁・乱丁本はお取り替えいたします。定価は、カバーに表示してあります。

ISBN978-4-576-23068-9
https://www.futami.co.jp/

氷月 葵

神田のっぴき横丁

シリーズ

以下続刊

①殿様の家出
②慕われ奉行
③笑う反骨《はんこつ》
④不屈の代人

次は勘定奉行か町奉行と目《もく》される三千石の大身旗本真木登一郎《まきといちろう》、四十七歳。ある日突如、隠居《いんきょ》を宣言、家督《かとく》を長男に譲って家を出るという。いったい城中で何があったのか？　隠居が暮らす下屋敷《しも》は、神田《かんだ》のっぴき横丁に借りた二階屋。のっぴきならない人たちが〈よろず相談〉に訪れる横丁には心あたたまる話があふれ、なかには〝大事件〟につながることも……。心があたたかくなる！　新シリーズ！